Object Lessons 2

쓰레기

WASTE
by Brian Thill
First published 2015 by Bloomsbury Academic,
an imprint of Bloomsbury Publishing Inc.,
New York, as part of the Object Lessons series,
a book series about the hidden lives of ordinary
things. Copyright © Brian Thill, 2015. Korean
translation copyright © Yujoo Han, 2017. All
rights reserved. This translation published by
arrangement with Bloomsbury Publishing
Inc., New York, through Shinwon Agency Co.,
Seoul.

쓰레기

1판 1쇄 2017년 9월 15일 펴냄
1판 3쇄 2021년 5월 15일 펴냄

지은이 브라이언 딜. 옮긴이 한유주. 펴낸곳 플레
이타임. 펴낸이 김효진. 제작 현문인쇄/자현제책.

플레이타임. 출판등록 2016년 4월 20일 제2016-
000014호. 주소 서울시 마포구 희우정로16길
39-6, 401호. 전화 02-6085-1604. 팩스 02-6455-
1604. 이메일 luciole.book@gmail.com. 플레이
타임은 리시올 출판사의 문학/에세이 브랜드입
니다.

ISBN 979-11-961660-1-4 04800
ISBN 979-11-961660-0-7 (세트)

쓰레기

———

브라이언 딜 지음
한유주 옮김

PLAY
TIME

언제나처럼, 올리비아에게

우리는 조금도 폐허를 두려워하지 않는다.
부에나벤투라 두루티

우리는 쓰레기와 더불어 작업해야 합니다.
쓰레기가 저 자신과 대적하도록 해야 합니다.
필립 K. 딕, 스타니스와프 렘에게 보낸 편지

나는 낙관적이라고 생각해. 하지만 이걸 봐, 썩고 있어.
아일린 마일스

차례

Object Lessons 2

쓰레기

1
해변이 건네는 말

폴 발레리의 『에우팔리노스 혹은 건축가』*Eupalinos ou l'architecte*
에서 소크라테스는 홀로 해변을 걷고 있다. 그는 우연히 알
수 없는 물체를 발견한다. 희고 매끈한 물체의 정체와 출처를
알아볼 수가 없다. 후에 그는 파이드로스에게 이렇게 말한다.
해변은 특별한 유형의 쓰레기장이자 버려진 것들의 장소, 위
대하고 영원한 투쟁에서 비롯된 온갖 폐기물이 한데 모여드
는 곳이라고.

　서로 경쟁 관계에 있는 해신과 지신 사이에서 늘 필연적으로
　분쟁을 빚어 온 경계선인 해변은 결코 끝나지 않는 거래의 음
　산하기 짝이 없는 현장이네. 바다가 거부하고 육지가 뱉어 낸
　정체불명의 표류물 조각들은 이런 것들이네. 소금 폭풍에 타
　버린 듯 숯처럼 검고 산산이 조각난 배의 흉측한 파편들, 파
　도가 뜯어 먹고 닦달해 댄 끔찍한 사체들, 프로테우스의 짐승
　들이 깃든 투명한 방목장에서 불어닥치는 폭풍우에 뿌리 뽑
　힌 흐느적거리는 해초들, 차가운 색조로 죽은 듯 축 늘어진 괴
　물들. 운명이 이 모든 것을 분노한 해변으로 이끈다네. 파도와
　해안이 끝없이 무용한 공방을 거듭하는 이곳에 도달하고, 추

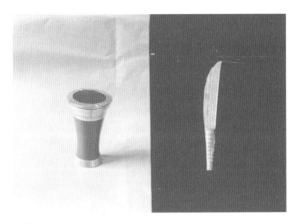

그림 1

방탕하고, 시간이 가고 날이 흘러감에 따라 들어 올려지고, 내려지고, 붙들리고, 잃어버려지고, 다시 붙들리면서. 운명의 무심함에 대한 슬픈 증인이자 비천한 보물, 붙박여 있는 한 끝없이 계속되는 교환의 노리개가 되어…….

그가 해변에서 발견한 정체불명의 물체는 불가사의하다. 하지만 불가사의하기에 매혹적이다. 그는 해당 물체가 자연의 산물인지 인간이 빚어낸 것인지조차 확신하지 못한다. 물체의 출처와 위상, 목적의 신비로움에 당혹감을 느낀 소크라테스는 미지의 물체를 도로 바다에 집어던져 버린다.

소크라테스의 문제는 쓰레기의 문제다. 우리가 살아가는 이 세계에는 새까맣게 타 버린 잔해들, 흩뿌려진 오물들이 다종다양한 형태로 가득 차 있다. 쓰레기는 온갖 곳에 산재해 있고, 갖가지 크기와 냄새를 지니며, 추한 데다 좀처럼 통제하기 어렵고, 나이와 기질을 가릴 것 없이 모든 사람에게서 배출된다. 틈이면 틈마다 스며들고, 때로 찌든 거리 곳곳에 쌓이며, 집집마다 도시마다 버려진 땅의 구석구석마다 고이고 쌓이고 썩어 간다. 쓰레기는 그것을 헤아릴 수 있으리라는 우리의 희망을 늘 넘어선다. 1990년대에 해변을 찾아다니며 재미로 물건을 줍던 사람이라면 값비싼 신발을 한가득 실은 화물선이 태평양 북서부 해안으로 진입하려던 중 선적 컨테이너가 통째로 바다에 빠지면서 일어난 '해양 신발 유출'Great Shoe Spill◇ 사건의 여파로 퀴츠 해안가에 흘러들어 온 일명 '나이키 퀴츠 운동화'를 우연히 발견했을지도 모른다. 근래 에베레스트를 오르는 사람이라면 앞서 올라간 등반가들이 쌓은 쓰레기 더미를 발견할 것이고, 이제 이들은 자기 장비와 고귀한 피로에 더해 다른 사람들의 쓰레기까지 들고 하산해야 한다. 인간이 만든 사물 중에서 쓰레기만큼 이동이 잦고 산지사방에 분포하는 것도 없다. 쓰레기는 바다와 가장 높은 산꼭대기마저도 잠식한다. 우리의 쓰레기는 이 시대의 화학물질로 직조된 두꺼운 담요로 온 지구를 뒤덮고, 돌출된 바위틈마다 파고들며, 깊은 바다 밑바닥에 가라앉고, 나무와 습지와 웅덩이에 자리를 잡는다. 쓰레기는 공기 중에도, 물속에도, 키치적인 물건으로 그득한 뒤뜰 벼룩시장 좌판에도, 잡동사니들이 서

◇ 1990년 5월 한국에서 미국으로 운항 중이던 화물선이 폭풍우를 만나 알래스카 반도 남쪽에서 선적 컨테이너가 침몰하면서 육만 천여 켤레의 나이키 운동화 역시 침몰한 사건. 이 운동화들에는 각기 고유 번호가 붙어 있어 후에 해변에서 발견되는 나이키 운동화들이 해당 화물선에 실려 있었는지 여부를 확인할 수 있었다.

까래 높이로 쌓인 집에도, 유독성 화학물질로 이루어진 보이지 않는 구름이 퍼져 나가는 우주 공간에도, 어마어마한 폐기물이 벽돌 형태로 차곡차곡 쌓이는 프레시킬스Freshkills나 푸엔테힐스Puente Hills를 비롯한 천여 곳의 쓰레기 매립지 지하에도 존재한다. 우리의 석유 시대가 배출한 미세 플라스틱이 모래사장과 섞여 해변이 플라스티글로머리트plastiglomerate❖로 재구성됨에 따라 이제는 토양 자체가 지질학의 새로운 연구 분야가 되었다. 이처럼 눈에 보이지 않을 정도로 미세한 쓰레기 조각을 삼킨 해양 생물들은 유전자 변형을 겪고 있고, 지리학자들은 '기술 화석'technofossil 연구에 착수했으며, 우리의 도시마다 압축된 형태로 축적된 거대한 폐기물층은 너무나 막대하고 중대해 이제는 지질학적이고 행성학적인 기록의 일부를 이루게 되었다. 우리는 쓰레기에 맞춰 공간과 장소를 다시 정돈해 왔다. 세계 곳곳에 쓰레기가 널려 있는 이미지에 따라 공간과 장소의 형태를 새롭게 빚어 온 것이다. 하지만 우리 중 다수는 내내 세계를 이런 식으로 감지하지 않아도 될 정도로 운이 좋거나 어리석다. 장소에 따라서는 공기가 숨 쉬기에 괜찮은 것 같고, 나무들이 싱그러운 녹색을 유지하는 듯하며, 다람쥐들이 행복하고 활기차 보이기 때문이다. 그러나 쓰레기가 잘 감지되지 않는다고 하더라도 이 세계에 자신의 족적을 남겨 온 인류의 욕망 중에서 쓰레기야말로 가장

❖ 녹은 플라스틱과 암석·모래 등이 섞인 새로운 유형의 플라스틱 돌로 캐나다 웨스턴 대학 연구진이 하와이 남동부 해안에서 처음 발견해 붙인 지질학적 명칭이다. 이들에 따르면 이 돌이 새로운 지질 시대를 대표하는 기표석이 될 것이라고 한다.

강력하고 보편적으로 제 과업을 완수해 왔다고 할 수 있다. 모든 풍경은 쓰레기 풍경trashscape이다. 이 풍경은 세계를 광대하면서도 고르지 않게 분포된 하나의 쓰레기 더미로 변모시킬 뿐 아니라 감지할 수조차 없는 방식으로 자아와 인간에 대한 우리의 감각을 변형한다. 사회학자 지그문트 바우만에 따르면 우리는 쓰레기와 쓰레기를 생산하는 정교한 공정으로 세계를 식민화했고, 글로벌화라는 더러운 길을 밟아 나가는 과정에서 인간의 쓰레기와 쓰레기가 되어 버린 인간의 삶을 창출했다. 그리고 이제 우리는 산 것이든 죽은 것이든 이 쓰레기들이 다음에 가야 할 곳을, 혹은 쓰레기가 더는 갈 곳이 없다면 이것이 우리에게 무엇을 의미하는지를 고민해야 한다. 우리가 만들어 온 쓰레기들을 우회할 방도란 없다. 바우만을 읽으며 우리는 우리 자신과 미래를 위해 건설해 온 것이 실은 우리 문명의 배설물로 지은 거대한 둥지임을 깨닫는다.

　여간해서 포획되지 않는 대상을 고찰하고자 할 때 쓰레기만큼 적합한 대상도 없을 것이다. 쓰레기는 그것을 적절한 규모로 사색하려는 우리의 능력을 시험에 들게 만든다. 쓰레기에 관한 생각은 아예 과도하거나 역부족인 듯이 느껴진다. 그래서 모든 것을 망라하고 싶다는 유혹이 생겨난다. 온갖 오물과 표류물 조각에 이름을 붙이고 경의를 표하고 곱씹어 보고 싶다는 유혹이, 그리고 쓰레기라는 총칭을 기름띠처럼 멀리 퍼뜨려 이 행성 전체의 쓰레기화를, 모든 문화와 인간의 절멸을, 제국을 세우기도 무너뜨리기도 하는 쓰레기들―거대한 쓰레기와 극소한 쓰레기, 눈에 보이는 쓰레기와 보이지 않는 쓰레기, 화학 오염 물질과 상한 음식, 칙칙한 공기와 누런 물

그림 2

과 쓰레기로 뒤덮인 대지를 메우는 만물——을 망라하고자 하는 유혹이.

이처럼 사방에 산재한 쓰레기 중에서 나는 장엄한 고대 건축물의 쇠락한 잔해보다는 우리 시대가 산출한 다른 종류의 쓰레기에 보다 관심이 있다. 파묻힌 비디오게임 카트리지, 땅속 깊은 곳에서 서서히 유출되며 붕괴하는 플루토늄, 나무에 걸린 비닐봉지, 다락방과 헛간과 거실에 쌓인 잡동사니, 우주를 떠다니는 파편이 된 위성의 잔해까지. 우리는 미래에 걸었던 판돈의 대가로 이 쓰레기들을 돌려받았다. 종국에는 플라스틱 물병과 웹사이트, 해피밀 장난감과 폭탄이 최종적으로 처분되는 방식이 자유의 여신상이나 만리장성, 콜로세움의 운명만큼이나 시간과 인류에 관해 많은 것을 말해 줄 것이다. 로즈 매콜리는『폐허의 즐거움』*Pleasure of Ruins*에서 깊이 있는 지식과 애정을 바탕으로 고전적 폐허가 수 세기에 걸쳐 사람들에게 가져다준 쾌감을 다룬다. 디드로와 여타 낭만주의적 숭배자들이 고대 건축물이 남긴 잔해를 감상하는 방식에서 알 수 있듯 이러한 유형의 폐허는 우리에게서 강렬한 감정과 느낌을 이끌어 내는 힘을 지닌 듯 보인다. 다시 말해 사멸한 시대를 현장에서 목도하고 있다는 전율 혹은 절망 혹은 슬픔을, 또는 우리 또한 끝없이 돌진하는 시간의 흐름 속에 있을 수밖에 없다는 충격을. 우리는 고대 유적에 나뒹구는 돌멩이가 우리에게 인류에 대한 이야기를 들려준다고 믿으며, 또 우리 자신이 이 이야기에 얼마간 감정적인 애착을 느낀다고 생각한다. 하지만 나는 길다 윌리엄스가 디드로를 비롯해 우수에 젖은 사람들melancholics을 사방에서 사로잡았던 '폐허'ruin와 폐허의 저급한 대응물인 '폐기물'derelict의 차이를 서술하는 방식에 더욱 이끌린다. 폐허가 경이로움과 낭만주의적 위엄으로 시적 영감을 불어넣는다면 쓰레기는 매장되기를, 파괴되기를 간절히 바라는 것처럼 보인다. 이는 장엄하게 쇠락한 아름다움과 눈에 거슬리고 유해하며 성가신 것의 차이다. 나는 폐기물을 우리 시대의 시계visibility와 욕망 밖으로 대단히 빠르게 혹은 은밀하게 내다 버려진 것으로 이해한다. 관심받지 못하는 것, 유실물, 다루기 힘든 것, 새어 나가는 것, 추한 것, 누구도 원하지 않으며 완전히 내팽개쳐진 것으로. 어디든 끼어드는 쓰레기는 우리가 마음속에 의미 있고 장엄하다고 그렸던 사물들 사이에 난 균열에 파고든다. 우리 시대가 빚은 새롭고 빛나는 모든 사물, 작고도 일견 무의미한 듯 느껴지는 주목 대상들을 볼 때마다 나는 가까운 미래에 그것들이 사라지고 없는 모습을, 녹슬거나 부서진 채 버려져 어딘가에서 썩어 가는 모습을 상상하지 않을 수 없다. 이런 대상들이 현재의 시공간에 붙박여 있다고 생각하기란 쉽지 않다. 이것들은 내가 어떤 식으로 보고자 하건 관계없이 늘 현재의 끝자락에서 튕겨져 나가 끊임없이 과거와 미래에 파고들기 때문이다. 따라서 이 책은 환경주의에 입각해 체계적으로 논쟁을 벌이는 글도, 위생의 역사를 다루는 학술적 글도, 정치적 선언문도 (셋 다 내가 매우 좋아하는 형식이지만) 아니다. 그보다는 길가에 떨어져 있으나 무수한 행인의 관심을 끌지 못하다 마침내 탐내는 시선의 대상이 된 더러운 동전처럼, 그동안 수없이 내 눈길을 끌어 온 망가진 괴물과 수수께끼의 표류물 조각 따위의 기이한 사물들 사이를 이리저리 거닐어 보는 책에 가깝다. 쓰레기 산책자들flâneurs of filth, 그러니까 잿더미를 헤치거나 폐기물 패총을 무턱대고 뒤지는 사람들을 위해 이 책을 썼다. 우리 같은 사람에게 고귀한 폐허는 아무 의미도 없다. 우리는 항상 쓰러져 가는 것들, 버려진 것들에 이끌린다.

소크라테스가 우연히 발견했다 이내 던져 버렸던 당혹스러운 물체와 마찬가지로, 고장 난 피아노든 샌드위치 포장지든 달걀 상자든 구닥다리 욕실 타일이든 골판지로 만들어진 커피 컵 슬리브든 우리의 거대한 사물 세계object-worlds에서 버려진 모든 폐기물은 욕망과 쓰레기, 버림과 원함의 끝없는 공방 사이를 오가는 셔틀콕과 비슷하다. 그러므로 이 책이 다루는 대상이 쓰레기라면, 이 책의 진짜 주제는 욕망과 시간이라고 할 수 있다. 왜냐하면 쓰레기라 호명되는 것은 우리가 이제껏 건설해 온 사물 세계, 화려한 동시에 완전히 엉망진창이 된 세계에 대한 두 가지 마음 상태와 두 가지 감정 구조 사이의 중간 지대에 존재하기 때문이다. 이들 쓰레기는 욕망과 폐기라는 양극단 사이에서 부유한다. 쓰레기를 단순한 오물이나 유해 요소 이상으로 고찰하는 더욱 좋은 방법은 우리가 원하지 않는 대상들과 맺는 정서적 관계에 쓰레기라는 불만족스럽고 일시적인 이름을 붙였다고 생각하는 것이다. 쓰레기는 소비된, 변경된 혹은 유예된 욕망의 표현이고 따라서 원형 사물ur-object이다. 쓰레기를 논하는 것은 이제까지 존재해왔거나 앞으로 존재하게 될 다른 모든 사물을 논하는 것이다. 반대로 어떤 사물을 논하려면 결국 그것이 궁극적으로 소멸된 상태를 고려하지 않을 수 없다. 모든 사물은 시간에 의해 결국 쓰레기가 된다.

죽어서 말라비틀어진 앨버트로스를 찍은 크리스 조던◊의 사진들을 보자. 처음에는 로버트 라우션버그의 한물간 설치 작품에서 떨어져 나온 듯한 것들이 모여 있는 모습이 눈에 띈다. 앨버트로스의 내부(혹은 죽어서 속이 드러나기 전까지 내장이 들어 있던 자리)는 우리가 버린 플라스틱 쓰레기로 가득한데, 마치 피냐타에 들어 있다가 터지면서 쏟아져 나온 사탕들 같은 모양새다. 부패 중인 새들의 몸 안에 밝은 색채와 정교한 형태를 지닌 플라스틱 조각들이 꽉 차 있어 눈이 어지러울 정도다. 수많은 새가 태평양 거대 쓰레기 구역Great Pacific

◊ 주로 쓰레기와 대량 소비를 주제로 작업하는 미국의 사진작가. 미세 플라스틱으로 인한 앨버트로스의 죽음을 「미드웨이」Midway 연작을 통해 알리고 있다. 해당 연작은 짧은 다큐멘터리 영화로도 제작된 바 있다.

Garbage Vortex에서 우리가 버린 작은 쓰레기 조각을 먹이로 오인해 낚아채고, 어미 새는 아기 새가 직접 쓰레기를 삼킬 수 있을 때까지 플라스틱 먹이를 가져다준다. 파열된 새들의 내부를 보면서 우리는 플라스틱으로 뒤덮인 지구가 가엾은 동물들에게 먹인 감질날 정도로 작지만 유해한 조각들이 이들의 체내에 얼마만큼이나 축적될 수 있는지를 구체적이고도 개별적으로 알게 된다.

조던의 사진이 시선을 특히 사로잡는 이유는 우리가 만들어 낸 쓰레기 조각들을 삼킨 새들의 마지막 자취가 사라지기 시작하는 바로 그 순간의 부패 과정을 포착하고 있기 때문이다. 두개골의 희미한 윤곽이나 한 줌의 가느다란 갈비뼈가 보이긴 하지만, 그보다도 조그만 깃털들이 모여 이룬 둥지 안에 아늑하게 자리 잡은 형형색색의 플라스틱 쓰레기 조각들이 먼저 눈에 들어온다. 쓰레기를 다루는 장인이 자기가 세공한 물건을 섬의 바위틈에 남겨 두어 지나가는 사람이 즐겁게 감상할 수 있도록 배려한 것만 같다. 하지만 시간과 주변 환경이 새의 인공적이지 않은 부위를 죄다 쓸어 가서 사체를 분명히 알아보기가 힘든 반면, 내장에 들어차 있는 갖가지 플라스틱 조각은 발레리의 소크라테스가 거니는 해변에 불쑥 나타난 미지의 물체처럼 가시적인 동시에 당혹스러울 정도로 알아보기 힘든 것으로, 낯익은 동시에 불가해한 것으로 눈앞에 나타난다. 눈에 보이는 것 대부분은 분명 사람이 만든 플라스틱이지만, 이것들 각각이 우리가 필요하다고 생각하는 무언가의 일부였을 때 정확히 무엇이었을지 알아내기란 많은 경우 쉽지 않다. 이러한 플라스틱 둥지를 한동안 들여다보고 있

그림 3

으면 이것이 우리에게 속한 동시에 멀리 떨어져 있다고 느끼게 되는데, 그 까닭은 우리가 너무나 철저하고도 끊임없이 사방에 흩뿌려 온 탓에 그 안에서 딱히 장관을 이루거나 눈여겨볼 만한 것을 찾기 힘든 전 지구적인 쓰레기 현장debris field을 이 조각들이 구성하고 있기 때문이다. 이 플라스틱 둥지는 얼핏 작고 하찮아 보이는 쓰레기가 어마어마한 힘과 내구성을 지니고 있음을 입증하는 많은 사례 중 하나다. 이것들은 지구 구석구석까지 침투해 제가 건드리는 수없이 많은 것을 위험에 빠뜨리거나 죽음으로 몰아넣는다. 새의 처참한 사체를 찍은 이 작은 사진들은 이렇게 사진 찍힌 적은 없지만 비슷한 운명에 처할 수밖에 없었을 다른 모든 새를, 즉 햇살이 환하게 비치는 바위 위에서 서서히 질식해 가거나 물보라 하나 일으키지 않고 맥없이 바다로 떨어지는 새들을 떠올리게 한다.

우리의 쓰레기가 동물의 왕국에 징수하는 특수한 통행료

를 다큐멘터리 형식으로 찍는 작가들 사이에서 조던이 딱히 독특한 위치를 점하지는 않는다. 하지만 그의 사진들은 다른 이유로 특별히 마음을 사로잡는다. 그가 찍은 사진들은 각각의 죽은 새가 본질적인 새다움birdness을 잃어버리고 있는 듯한 시간의 순간들을 기록하는 한편, 새들을 살해하는 플라스틱이 누리는 놀랍도록 긴 수명에서 주요한 하나의 순간을 포착하고 있기도 하다. 새의 내부에 새로이 모여든 플라스틱 조각들은 우리 눈에 이행의 순간을 지나고 있는 것처럼 비친다. 소화할 수 없는 미세 플라스틱 조각들은 날마다 무수히 지구 곳곳으로 퍼져 나가는데, 이 과정에서 빗물 배수관에 나타나거나 바다로 쓸려 가기 전 길바닥에 나뒹구는 식으로 우리 눈에 잠시 떠었다가 이내 사라진다. 우리는 물에 휩쓸리거나 가라앉아 잊히기 전의 찰나에 플라스틱 조각들이 가벼이 움직이는 모습을 보게 될지도 모른다. 하지만 조던이 포착한 순간들 속에서 우리는 흩뿌려져 버려진 것들이 제가 파괴한 바로 그 몸을 통과하기 위해 또 한 번 덩어리로 뭉쳐 모여든 모습을 보게 된다. 이러한 파편들은 살아 있는 것의 몸속에서 다시 한 번 배설되어 흩어지기 전에 잠시 연합하는데, 조던의 사진들은 시간에 포획된 바로 이 통과의 순간을, 편리함을 갈구하는 우리 때문에 생명을 잃어야 했던 새들에게 남은 전부인 깃털과 뼈를 바람이 실어 나르기 시작하는 바로 그때를 기록한다. 이 이미지들은 오래된 코끼리 무덤◊처럼 대부분의 시

◊ 전해 오는 이야기에 따르면 나이 든 코끼리들은 죽을 때가 되면 본능적으로
죽을 곳을 찾아가 무리에서 떨어져 혼자 죽는다고 한다.

간 동안 시야에 벗어나 있던 저 장소들을 환히 비춘다. 우리는 사진을 바라보면서 쓰레기로 점철된 전령들의 열린 무덤을 응시하는 셈이다. 사진 속 새들은 서로 만난 적도 없고 알지도 못할 수많은 사람이 생산한 쓰레기를 삼켰지만, 이들의 내부는 우리 인간이 훨씬 더 긴 시간 동안 새로운 지리적 상상계를 가로지르며 만들어 온 쓰레기 풍경들을 재배열하기 위한 대안적인 회합 장소가 된다. 이처럼 우리를 위해 죽음에 이르는 역할을 수행하는 새들은 흩어져 있는 인류를 일시적으로 결합시키는 장소, 우리 인간의 집단적 쓰레기를 마지막 식사로 삼는 소름끼치는 만남의 장소가 된다.

플라스틱 조각들이 빼곡히 들어찬 새의 내부를 볼 때 드는 어지러운 기분은 지하철 승강장에 서서 축축한 갈색 선로를 내려다볼 때의 느낌과 다르지 않다. 더러운 물병, 소다수 캔, 기한 만료된 교통카드, 납작하게 눌어붙어 곰팡이가 핀 신문지 조각, 형체를 알아볼 수 없을 정도로 뭉개지고 으스러진 온갖 물체가 이 어두운 공간에 고인 악취 심한 물웅덩이 위를 나뒹굴고 있다. 지상의 도시와 달리 지하철 승강장에는 별다른 경관이 없고 우리는 도시의 관습이 몸에 배어 있어 주위 낯선 사람들에게 신경 쓰지 않는다. 간혹 저 밑 어딘가 보이지 않는 통로에서 쥐가 튀어나와 오물 사이를 잽싸게 오가다가 전철이 들어오기 직전에 또 다른 하지만 보이지 않기는 매한가지인 굴을 향해 쏜살같이 달려가서는 이내 사라진다. 지하철 승강장에 서 있을 때마다 나는 늘 선로 주변을 따라 붉은 녹이 긴 채 버려져 있는 쓰레기들을 보게 된다. 아주 고역이지만 눈을 돌릴 수가 없다.

이 중 한 지하철에 올라 [2호선과 5호선] 끝에 있는 플랫부시 애비뉴역에서 내려 남쪽으로 가면, 그러니까 킹스 하이웨이와 자메이카만 포구를 지나 쭉 걸어서 브루클린 하단부에 갈고리처럼 매달린 배런 아일랜드를 지나면 마침내 데드호스만Dead Horse Bay◇에 진입하는 거의 숨겨지다시피 한 입구에 당도한다. 이곳은 뉴욕에 위생 시설이 마련되기 시작하던 초창기에 말의 뼈나 폐유리를 버리는 용도로 쓰였던 장소로, 당시에는 멀리 떨어진 곳에 훨씬 더 큰 쓰레기 하치장을 마련해야 할 필요성이 크지 않았다. 새들이 머리 위를 날아다니고 바다에서 파도가 고요히 밀려온다. 일반적인 쓰레기 사냥꾼wastehound이 찾곤 하는 오늘날의 시영市營 쓰레기장과 비교할 때 데드호스만은 훨씬 작고 으스스한데, 특히 인적을 찾을 수 없고 뉴욕시가 수평선 너머로 모습을 감출 정도로 흐린 아침이면 더욱 그렇다. 만으로 향하는 긴 도로조차 텅 비어 황량하다. 인근에 지방 공항과 최소한의 보안 설비만 갖춘 연구 시설이 있는 이 도로에는 고요한 적막이 감돈다. [수목이 우거진] 끝없는 녹색 고요는 누구보다도 완강하고 고집 센 방랑자들 빼곤 모두 내치고 있는 것처럼 보인다. 입구를 찾았다고 해도 쓰레기 해변 자체에 진입하기란 쉽지 않다. 해안 도로를 따라 양방향으로 무성히 자란 관목 덤불 탓에 도로에서는 해변이 전혀 보이지 않기 때문이다. 대부분 도시에서만 살

◇ 19세기에는 말의 사체를 버리는 등의 다양한 용도로, 그 뒤에는 뉴욕시 쓰레기 처리장으로 사용된 뉴욕 브루클린의 작은 만. 현재는 지난 시대의 유리병 등을 수집하는 사람들이 몰려들면서 새로이 각광받는 장소가 되었다.

아온 사람이 이러한 변방에 불쑥 진입하려면 탐사에 대한 일종의 은밀한 에너지와 무모함을 갖추고 있어야 한다. 비집고 들어갈 만한 틈을 어디서 찾아야 할지 모르겠다면 아마도 얌전히 둘러쳐진 오렌지색 플라스틱 그물망 뒤에 숨어 있는 길어귀를 보지 못한 것이리라. 바다로 향하는 길은 서로 뒤얽힌 나무와 잡초, 관목 때문에 지그재그 형태로 나 있다. 기분에 따라선 이 길을 걸으며 호러 영화의 도입부 같다고 느낄 수도 있을 것이다. 토끼들이 이슬에 젖은 풀잎을 오물거리고 구름처럼 몰려든 모기떼가 허공을 맴돌며 대기 중인 이곳은 문명에서 매우 멀리 떨어져 있는 죽음의 미궁처럼 느껴진다. [나무 덤불들의] 낮은 덮개 위로도 아래로도 길이든 바다든 그 무엇이든 아무것도 보이지 않아 발걸음을 재촉할 수밖에 없으리라. 이곳은 끔찍한 고요를 뒤덮은 녹색 안개 속에서 섬뜩한 유물이나 광인이 불쑥 나타나 당신을 집어삼킬지도 모른다는 달뜬 상상력을 발휘하게 한다. 적막하고 인적이 없는 듯한 분위기의 장소는 으레 제대로 관리되지 못하고 있다는 인상을 주는데, 이 길은 오래된 쓰레기를 찾으러 다니지 않는 날이면 갈 만한 대부분의 다른 장소와는 동떨어진 곳으로 우리를 안내한다.

하지만 괴물들에게 끌려가지 않는다면 결국 해변에 도착할 것이고, 만조인 데다 낮은 바람이 꾸준하게 불어온다면 우연히 황량하고도 외딴 곳에 다다랐다는 느낌을 받을지도 모른다. 건선거에 버려진 보트와 실바람에 나부끼며 흔들리는 빈 병들을 왕관처럼 얹은 채 기울어진 나무하며, 이 해변에는 온갖 종류의 쓰레기가 북쪽부터 남쪽까지 어지러이 뒤범벅

그림 4

되어 있다. 처음 이곳을 찾았을 때 가장 먼저 눈에 들어온 것은 물가의 투구게였는데, 메트로놈 바늘처럼 가늘고 정교한 꼬리가 앞뒤로 흔들리는 동안 크고 둥글넓적한 몸통은 거인의 축축한 잿빛 두개골처럼 수면 위로 비죽 나와 있었다. 그때까지 한 번도 투구게를 본 적이 없었던 나는 살아 있는 화석이라 불리기도 하는 이 생물의 존재로 인해 이곳을 찾아온 이유가 해변의 쓰레기를, 그러니까 살아 있는 것이 아니라 죽었다고 여겨지는 것을 보기 위해서라는 사실을 잠깐 잊기도 했다. 지난 수십 년 동안 데드호스만은 쓰레기로 장식된 나무, 쓰레기로 세워진 성소waste-temple, 표지판, 표식, 그리고 버려진 뼈와 병이 빚어낸 예술 작품들을 목격한 사람들의 증언 덕분에 이 지역 쓰레기 사냥꾼들의 성지가 되었다. 오래된 듯하지만 형태는 온전한 병 하나를 발견했을 때 그것이 정말로 옛

날 물건인지 아닌지 판별하는 건 어렵지 않다. 지난 이백 년간 생산된 병 대부분에는 특정 제조사 상표가 부착되어 있는데, 병들을 이리저리 뒤적거리며 얼마간 시간을 쏟다 보면 눈에 띄는 몇몇 상표를 점차 빠르고 능숙하게 알아보게 된다. 뚜껑을 돌려서 따는지 여부(아주 오래된 병마개는 코르크 재질이다), 색(사용된 유리의 색으로 제조 시기를 바로 알 수 있을 때가 많다), 혹은 유리병을 구성하는 다양한 유리 조각이 봉합되어 있는 방식(유리병을 대량으로 생산하는 공정은 결국 기존의 주형에 기반할 수밖에 없으므로) 등을 통해.

이런 특징들을 살피다 보면 이곳에는 주요 쓰레기 매립지로 사용되었던 말과 유리의 시대에 배출된 쓰레기만이 아니라 그 후 모든 시대의, 특히 아주 최근의 쓰레기도 쌓여 있다는 사실을 이내 알아차리게 된다. 그러므로 이곳을 그저 수집가들이 골동품 유리병을 찾아내는 매립지가 아니라 훨씬 더 최근의 사람들을 위해 물건들이 퍼져 나가는 장소로 이해하면 더 나을 것이다. 이곳은 공식적으로는 이미 오래전부터 쓰레기 매립지로 사용되지 않았지만, 집으로 가져가 호기심 상자를 채울 오래된 쓰레기를 발견할 수 있고 또 특정 유형의 쓰레기를 남겨 두는 장소로 새롭지만 잘 알려지지 않은 제2의 삶을 누리게 되었다. 언젠가 나는 적어도 대여섯 개는 될 로그캐빈 시럽 병을 발견한 적이 있다. 누군가가 파티를 벌이다 별생각 없이 바다에 던졌을 이 병들은 모두 새것이었다. 이처럼 이곳은 그런대로 예쁘장한 장식 유리병이나 가짜 빈티지 도자기, 여기저기 널린 한물간 장난감 등 비교적 최근 물건도 쉽게 볼 수 있는 장소가 되었다. 사람들이 이곳에 새 물건을 버리는 이유는 무엇일까? 세상에 새로운 레이어를, 새로운 유리 시대를, 역사의 지속이라는 기획을 더함으로써 소금 역할을 하고 싶기 때문일까? 아니면 못된 마음 때문일까? 그러니까 오래된 보물을 찾으러 왔지만 이 빠진 이케아 찻잔받침이나 챙겨 집으로 돌아가는 눈썰미 없는 방문자를 속이고 싶은 도착적인 욕망 때문일까? 이 해변에서 오래된 물건들을 발견하는 것보다는 내가 해변에 흩어 놓은 인공물들에 누군가가 속을 수도 있다고 생각하는 편이 더 신날 수도 있다. 아마도 못된 마음 때문이 아니라 재미로 이런 일을 벌이는 것이리라. 그러니 이 해변에는 유리병이나 예쁘장한 쓰레기뿐 아니라 그 이상의 무언가가 있는 셈이다. 분명 여기 모여든 새 물건은 대부분 무신경하게 버려진 맥주병이나 더러운 기저귀와 한데 뒤섞여 있기는 하지만 그렇다고 해도 쓰레기라 할 수는 없다. 모양과 크기와 색이 독특한 접시나 장난감, 유리병은 다른 사람들의 눈에 띄기를 바라며, 옛 시대의 쓰레기로 오인되기를 바라며, 아니면 기타 알 수 없는 목적으로 비교적 최근에 여기 놓이게 된 것들이다.

이렇게 데드호스만은 한낱 역사적 쓰레기 매립지 이상의 장소가, 우리의 플라스틱 시대에 골동품 수집에 대한 관심을 새로이 불러일으킬 만큼 시간을 축적한 장소가 되었다. 또 자기 역사의 이 시점에 이르러 이곳은 서로 이질적인 방문객들이 헌 쓰레기와 새 쓰레기라는 소통 수단을 이용해 서로 교류하는 진기한 커뮤니케이션 허브가 되었다. 이곳은 무언가를 슬쩍하거나 남겨 두는 장소라기보다는 쓰레기를 통해 지금은 여기 없지만 우리보다 먼저 이곳을 찾았거나 다음에 오게 될 사람들과 대화하며 교류하도록 초대하는 장소다. 데드호스만에서 쓰레기는 장난기 가득하면서도 진심이 어려 있는 장치가 된다. 쓰레기 덕분에 우리는 죽은 것들과 다시 대화할 수 있고, 탈구된 우리의 현재와 죽은 말들의 뼈가 무더기로 버려져 파도에 쓸려 가거나 진창에 빨려 들어가던 과거 사이의 연속성을 확인할 수 있으며, 우리가 어떤 별난 목적에서건 이곳 데드호스만에 내던진 새 물건들이 우리 자신의 제조된 과거의 일부가 될 다가올 미래를 한쪽 눈으로 바라보며 해변에서 행동할 수 있다. 이런 관점에서 보면 데드호스만은 동부 해안가의 프레시킬스나 서부의 푸엔테힐스(내가 어렸을 때 살던 곳에서 언덕 하나를 내려가면 있다) 같은 가장 거대한 쓰레기 처리장들을 필요로 하는 오늘날의 위생 중심적인 실용적 사고방식과 정확히 반대를 이룬다. 이런 곳들에서는 필요와 욕망이 그저 현대적 삶이 끝없이 발생시키는 더러움을 제어하는 것, 일상에서 배출되는 쓰레기를 파묻고 제거하는 것과 관련되기 때문이다. 사람들이 데드호스만을 찾는 까닭은 과거의 물건들과 회합하고, 그것들과 뒤섞여 있는 현재의 사물들, 눈썰미 없는 사람을 놀리거나 서로 다른 시대의 쓰레기들 사이의 대화를 주선하기 위해 수줍게 놓여 있는 현재의 사물들을 발견하기 위해서다. 데드호스만은 가깝거나 먼 미래를 위한 유물을 남겨 두는 장소가 되었다. 이 해변에서 메시지는 병 안에 들어 있지 않다. 버려진 병 자체가 메시지이기 때문이다.

2
친숙한 쓰레기 / 군살처럼 불어나는 탭들

데드호스만은 의지적인volitional 쓰레기라 부를 만한 것(이곳에서 사람들은 비교적 새것이고 흔한 찻잔 받침과 도자기로 만든 조각상을 발견해 다시 소중하게 간직한다)과 평범한 폐맥주병의 차이를 구분할 수 있게 해 주는 장소다. 단순한 쓰레기 이상이 존재하는 드문 장소 중 하나인 이 해변에서 사람들이 벌이는 행위를 '의도적인 쓰레기 투기'littering-with-intent라 묘사하면 더 정확할 것이다. 이처럼 특별한 방식으로 쓰레기를 투기하는 데 드는 노력은 일상적인 쓰레기 버리기, 즉 상대적으로 무심하게 일어나는 일이자 보는 사람이 불쾌함을 느끼는 일에 소요되는 노력과 명확히 대비된다. 일상적인 쓰레기는 우리가 별생각 없이 무언가를 버릴 때 그것이 우리 손에 들어오기 전에 지니고 있던 성질이나 출처를 생각할 때만큼이나 진지하고 심각하게 그것에 관해 생각한다는 사실을, 다시 말해 거의 하나도 생각하지 않는다는 사실을 알려 준다. 우리는 손에 들어오는 것을 쓰고 남으면 버리며, 그것의 이전이나 이후 생에 대해서는 거의 생각하지 않는다. 하지만 길거리에 쓰레기를 버리는 사람을 볼 때면 마치 봐서는 안 될 일을 보기라도 한 듯이 반응한다.

이와는 대조적으로 평범하게 버려진 것이 쓰레기의 특수한 카테고리 하나를 차지하는 까닭은 그 존재가 무엇보다도 개인들의 개별적인 무심함에 의존하고 있기 때문이다. 쓰레기를 버리도록 부추기는 무심함은 욕망의 이면이다. 이러한 쓰레기는 더는 손이 가지 않는 봉투 속 감자칩이나 포장지로 싼 씹던 껌처럼 내던져지기 직전까지만 해도 우리가 주의를 기울였으나 이제는 조금도 관심을 주지 않는 유형의 쓰레기다. 쓰레기의 영역에서 가장 친숙한 상징물은 넘칠 듯 꽉 찬 쓰레기통으로, 왕래가 잦고 재원은 부족한 공공장소에서 흔히 볼 수 있다. 쳐다만 봐도 더러움이 한눈에 들어오는 꽉 찬 쓰레기통은 길거리에 널린 평범한 쓰레기와는 달리 욕망하기와 버리기 사이의 경계선이 종종 유동적이며 가변적이라는 사실을, 개인적인 쓰레기와 우리의 관계는 공공장소를 존중할 생각이 없는 저급한 시민 의식으로도, 일 년 내내 버리는 쓰레기를 다 합쳐도 병 하나에 불과할 정도로 헌신적인 환경 투사들의 엄준한 사고방식으로도 설명할 수 없다는 사실을 알려 준다. 우리는 둘 사이 어딘가에서 현대의 특수한 현상 하나를 발견한다. 쓰레기를 쓰레기통이 아니라 그 주변에 놓거나 인근에 내던지는 것, 즉 의도적인 버리기intent-to-dispose를. 도시의 꽉 막힌 거리에서 일회용 커피 컵이나 음료수 병처럼 개인이 소모한 쓰레기를 가장 흔하게 볼 수 있는 것은 우연이 아니다. 현대의 커피 중독 계급mochatariat의 구성원으로 고달픈 삶을 살아가는 우리는 자본의 흐름에 속박당해 있으며, 그 중 몇몇은 쓰레기를 적당한 재활용 수거함에 넣거나 아무렇게나 버려진 쓰레기를 집어 '제자리'에 갖다 놓거나 다른 누군가가 수거해 영원히 잊힐 수 있도록 노력하는 식으로 동료 인간, 공동체, 지구에 '모호한' 책임을 다하도록 훈련받고 있다. 카페인에 중독된 계급은 제 욕망과 필요를 충족시켜야 하므로 우리는 거리며 길바닥에 금방이라도 쓰러질 것처럼 높이 쌓인 커피 컵들의 산에 우리가 마신 컵 하나를 추가할 수밖에 없다. 그리고 그 옆을 지나가며 왜 환경미화원이 이 난장판을 서둘러 말끔히 치우지 않는지 궁금해하는 것이다. 도시 곳곳마다 쌓인 일회용 컵들의 산은 사람들이 쓰레기가 가야 할 곳과 가서는 안 될 곳이 별도로 존재한다는 사실을 인지하고 있는 듯 보이고자 노력은 기울인다고 암시한다. 하지만 우리는 거기에 과도하게 집착할 시간도 마음도 없다. 그러기에는 처리해야 할 다른 일이 너무 많으니까.

커피 컵들이 쌓여 형성한 산을 보고 있으면 제프리 이나바/시-랩Jeffrey Inaba/C-Lab◊의 「쓰레기 만다라」Trash Mandala가 떠오른다. 밝은 색채에 놀라울 정도로 세밀한 이 작품은 본래는 공공 자원인 물을 빼돌려 병입한 생수를 끝없이 갈구하는 우리의 욕망을 기록함으로써 우리 시대의 '수분 공급 충동'hydration compulsion을 유사 종교적이고 신화적으로 표현하고 있다. 이 작품이 그리는 세상에서는 부유한 수백만 명이 겨우 몇 모금 마시겠다며 생수병으로 물을 들이킨 다음 용기는 내던져 버린다. 이들은 이 과정을 끝없이 반복하면서도 결

◊ 제프리 이나바는 건축가이자 도시 디자이너이며, 시-랩은 2005년 창설된 컬럼비아 대학 건축대학원 부속 연구 기관으로 신기술과 관련된 도시와 건축에 대한 리서치를 해 오고 있다. 「쓰레기 만다라」는 대량으로 소비되는 플라스틱 생수병을 다룬 작품이다.

코 만족하는 법이 없고 오직 유명 브랜드에서 만든 수백만 병의 개인용 생수만이 이들의 갈증을 조금 해소시킬 수 있을 뿐이다. 깨끗한 물이 바로 마실 수 있도록 포장 상태로 준비되어 있는 곳에서 우리는 마치 매 시각마다 수분 부족으로 말라비틀어져 버리기 직전인 것처럼 작은 용량의 물을 구입한다. 우리의 결정에 의해 물은 필수품이 되었고, 이로 인해 어마어마한 양의 쓰레기가 발생하고 있다. 피크 오일◇ 시대에 진입한 우리는 다른 한편으로 피크 플라스틱과 피크 개인주의 시대를 맞고 있기도 하다. 하지만 우리는 탄탈로스처럼 여전히 그 이상을 요구하며 아우성치고 있다.

지난 겨울, 주방 창문과 가장 가까운 나무에서 마지막 잎이 떨어지고 난 후 앙상한 나뭇가지에 감긴 비닐봉지가 눈에 들어왔다. 헐벗은 나무가 있고 쓰레기가 꾸준히 배출되는 곳에서는 흔히 볼 수 있는 풍경이다. 이처럼 나뭇가지에 성기게 매달린 정령들은 사시사철 존재하지만, 늦가을과 초겨울이야말로 이들이 가장 많이 나타나는 시기일 것이다. 다음 날에도 비닐봉지는 그렇게 걸려 있었다. 그다음 날에도, 또 그다음 날에도. 비바람이 거세게 몰아치는 몇 주가 지나가고 마침내 눈이 오고 얼음이 얼었는데도 비닐봉지는 나뭇가지를 횃대삼아 계속 걸려 있었다. 그러다 몇 달이 지난 어느 날, 날마다 제 자리를 미동도 없이 지키고 있을 것처럼 보이던 나의 친숙

◇ 석유 생산 정점의 시대. 피크 오일 이론은 석유 생산량이 정점에 도달한 이후 석유 수요에 비해 공급이 부족해져 심각한 에너지난이 일어날 수 있다고 예고한다.

그림 5

한 쓰레기trash familiar❖도 사라져 버렸다.

우리는 대개 이처럼 개별적이고 수거되지 않은 비닐봉지들이 하나같이 「아메리칸 뷰티」American Beauty나 라민 바라니의 「비닐봉지」Plastic Bag(숨이 멎을 정도로 멋진 베르너 헤어조크의 내레이션을 들을 수 있다)에 등장하는 저 유명한 비닐봉지처럼 제멋대로 돌아다닐 거라 생각한다. 동시에 우리는 모든 것이 온통 녹색이며 오랫동안 단단히 다져져 온 프레시킬스에서처럼 쓰레기가 적절한 방식으로 수거되어 수용되기를, '안전'해지기를 바라거나 예상한다. 하지만 쓰레기는 고아와 같은 특성을 갖는 사물이기도 하다. 일시적이기는 하지

❖ 지은이에 따르면 친숙한 쓰레기란 친구 혹은 동반자로 여겨지기까지 하는 쓰레기를 말한다.

만 이동 중이지도 매립된 것도 아닌 쓰레기가 종종 발견된다. 가끔 머물러 있는 쓰레기가 있다. 처음에는 동네에 나타나 제 자리를 마련한다. 그러면서 점차 무단 거주자의 권리를 획득 하기 시작한다. 쓰레기가 분명하니 수거되어야 하는데도 좀 처럼 치워지지 않는 것이다. 이처럼 친숙한 쓰레기는 바람에 날려 여기저기 돌아다니는 쓰레기와 냉동 저장고 사이의 경 계를 흐트러뜨린다. 쓰레기가 자기 자리를 떠나지 않겠다고 협박해 온다. 이처럼 대단찮아 보이는 친숙한 쓰레기를 통해 우리는 경계를 무시하는 쓰레기가 실제보다 더 크고 더 위험 하다는 것을 깨닫게 된다. 이러한 쓰레기는 스스로 경로와 벡 터를 고안하며, 집에서 멀리 떨어진 곳까지 악취를 퍼뜨린다. 아무도 원하지 않는 모든 것이 거처가 없는 것과 마찬가지로 사실 이 쓰레기는 집이 없기 때문이다. 우리는 나뭇가지에 감 겨 동면에 든 비닐봉지를 목에 걸린 닭뼈처럼 환영받지 못하 는 자리에 기거하는 모든 비가시적 쓰레기의 상징으로 받아 들여야 한다.

쓰레기로 꽉 찬 이 세계에 탈출구란 존재하지 않는 것처럼 느껴지기 시작한다. 여기보다는 산뜻하고 밝고 화사하며 곰 팡이와 흰곰팡이, 녹 따위가 없는 곳이 있을 것이다. 비닐봉 지가 바람에 부풀어 오르는 창밖 풍경에서 고개를 돌려 안락 함을 가져다주는 컴퓨터로 다가간다. 하지만 컴퓨터에는 끝 을 가늠하기 힘든 안개 속에서 서로를 향해 돌진하는 자동차 들처럼 이메일, 채팅, 쪽지, 탭, 창, 페이지, 좋아요, 문서, 피드, 스트림이 계속 쌓이고 있다. 집 밖에서 수많은 컵과 병이 깨 지거나 찌그러지고 비닐봉지가 비바람에 너덜너덜해진다면,

디지털 쓰레기장 역시 한 번쯤 거닐어 볼 만한 또 하나의 불안정한 황무지다. 우리는 이러한 쓰레기장이 현실 세계의 쓰레기 풍경과는 극적인 차이를 보인다고 생각하며 속곤 하지만 물론 실제로는 전혀 그렇지 않다.

디지털 시대를 살아가는 우리 대부분에게 오늘날은 미시적 욕망들이 끝없이 분출하는 시간, 욕구와 필요가 거듭 갱신되고 업데이트되고 이동하는 시간이다. 보관되거나 버려지는 사물들이 물밀듯 쏟아지면서 안 그래도 압박받고 있던 관심과 주목이라는 개념이 한층 복잡해졌다. 온라인에서는 이브 시통이 말한 "주목의 새로운 생태학"new ecology of attention의 거센 인력을 더 쉽게 느낄 수 있다. 다시 말해 이제는 우리가 한 명의 개인으로서 주목하는 것이 아니라(예컨대 내가 철로를 지나가는 쥐에 주목하는 동안 다른 통근자는 역겨움에 고개를 돌려 버리는 경우처럼) 초개인적transindividual 주목이라는 문제가 중요하다. 온라인에 접속한 우리는 무한에 가까울 정도로 방대한 뉴스, 가십, 정보, 사소한 사실 등에 주목하는 동시에 같은 공간에서 다른 사람들이 주목하고 있는 것에 주목한다. 해변에서 혼자 물건을 줍는 사람이라면 자기만의 생각과 관심에 따라 말의 뼈와 오래된 병 사이를 거닐겠지만, 온라인에서는 보다 거대한 구경거리에 그리고 집단적인 동시에 개인적으로 그 구경거리에 모여든 모든 이에게 영향을 받는다. 창밖 나뭇가지에 비닐봉지가 걸린 풍경과 달리 디지털 공간의 창문 속 풍경은 현재와 미래를 모두 집어삼키며, 시간을 무한히 대체 가능한 것으로 극대화하도록, 다시 말해 환상에 빠지도록 우리를 밀어붙인다. 이처럼 시간을 마음대로 변형할 수 있다는 환상에도 불구하고 어떤 사람들은 끝없이 군살처럼 불어나는 탭tabflab을 보면서 즐거움과 기쁨을 느낀다. 수많은 온라인 친구와 지인을 사귀면서, 너무나 많은 것을 발견하면서, 늘 접속해 있으면서, 연신 커지고 또 커지다 마침내 바다가 되는 강물처럼 드넓고 빠른 유속을 자랑하는 집단적 주목의 흐름을 따라 헤엄치면서.

이런 이유로, 또 모니터 속 외의 모든 곳에서도 너무나 많은 쓰레기를 보아 왔기에 나는 '인박스 제로'Inbox Zero◇ 달성을 포기했다. 그리고 인박스 제로의 달성 불가능함을 현대적 조건의 부산물로 받아들이게 되었다. 우리의 관심이 끝없이 확장되면서 수많은 사물과 아이디어와 사람이 서로 경쟁할 수밖에 없는 조건 말이다. 우리가 이 중 얼마나 많은 것에 관심을 기울이든 — 그리고 활동적이거나 생산적이지 않는 한 우리는 아무것도 아니다 — 한쪽 구석에는 언제나 너무 많은 것이, 예컨대 읽을 생각이었던 기사, 미처 완성하지 못하고 반쯤 작성한 파일, 시간이 나면 들어가 보려 했던 링크와 탭과 텀블러 페이지, 읽거나 공유하거나 저장하거나 잊으려 했던 포스트, 트윗, 블로그 글, 피드가 남겨져 있다. 현대적 삶이 빚어낸 이러한 인공물들이 어떤 조건 하에서는 몹시 귀중하고 흥미로워 보이더라도 우리가 이것들에 압도당할 때, 이 모든 것을 꼼꼼히 살피고 그 가치에 걸맞은 관심을 기울일 수 없을 때 이것들은 예외 없이 언제나 쓰레기가 된다. 하지만 이러한 디지털 쓰레기는 우리가 가능한 한 빨리 치워 버리는 구식의

◇ 받은 편지함에 처리해야 할 이메일이 하나도 없는 상태를 위한 관리 기법.

물질적 쓰레기와는 닮은 구석이 별로 없다. 디지털 쓰레기나 그런 쓰레기가 될 가능성이 있는 것들은 사용 빈도가 낮고 중요하게 쓰이는 일이 별로 없는 경우에도 개인적이거나 집단적인 역사와 기억을 담고 있는 저장소로 기능한다. 사용되지 않는 동안 이 저장소들은 만료된 '좋아요'와 삭제된 포스트, 우리의 온라인 세계에서 얼마간 오래된 공간을 가득 메운 링크 로트link rot❖의 침묵 속에 내버려지고선 무시당하고 썩어 가고 있다.

디지털 쓰레기를 우리가 지금까지 거주해 온 사물 세계의 과잉을 보여 주는 한 표본으로, 읽지 않고 쌓아 둔 신문과『뉴요커』, 읽어야 할 책, 세탁을 기다리는 빨랫감, 사야 할 식료품이나 밀린 업무와 다를 바 없는 것으로 여기면 더 편할지도 모르겠다. 특정한 물질적 의미에서는 둘이 다르지 않다. 컴퓨터에(거실 바닥에 쏟아져 있는 게 아니라) 마흔 개의 탭이 열려 있거나 반쯤 작성하다 만 열일곱 건의 문서나 포스트가 저장되어 있더라도 그것들이 덜 물질적이거나 덜 현실적이라고 할 수는 없다. 디지털 쓰레기 역시 모래 속에 묻히다시피 한 것들과 마찬가지로 현실에 묶여 있으며 동일한 물질적 압력에 종속되어 있다. 디지털 쓰레기는 물질적으로 존재하는 현실적인 것들과 별개가 아니다. 우리가 마시는 커피처럼 디지털 쓰레기를 지속적으로 생산하는 데는 막대한 에너지, 노동, 자원, 시간, 공간이 소요된다(디지털 시대 이전에 급증했던 쓰

❖ 사이트 중단이나 이전, 재구성으로 인해 사용할 수 없는 웹사이트의 하이퍼텍스트 링크를 뜻하는 표현.

레기들이 그러했고 여전히 그러하듯). 물질적 쓰레기도 늘 그랬지만 디지털 쓰레기 역시 사회적·정치적·경제적 위기와 불가분하게 결부되어 있다. 하지만 다른 한편 디지털 쓰레기로 가득한 공간에는 근본적으로 다른 면이 있다. 삶을 단순화하거나 디지털 발자국을 점진적으로 줄이라는 요청(마치 오늘날 이러한 발자국이 우리 삶과 일반적으로 분리되어 있는 양) 혹은 인박스 제로와 같은 것들에 대한 욕망은 우리의 현대적 삶이 실제로 작동하는 방식과 연관돼 있는 대단히 의미심장하고 중요한 무엇을 놓치고 있는 것 같다. 군살처럼 불어나는 탭, 좋아요-구멍fave-hole,◇ 삭제해야 할 문서 등의 디지털 쓰레기는 보다 광범위하고 '깨끗해' 보이는데, 덕분에 우리는 디지털 쓰레기를 통해 우리가 쓰레기, 시간, 자아와 맺는 관계를 재고할 수 있다. 역사적으로 일상에서 배출되는 수많은 물질적인 쓰레기와 우리가 맺은 관계는 퇴출과 제거의 관계였다. 전통적으로 쓰레기로 분류된 것은 그 순간 우리 눈앞에서 치워졌으며 많은 경우 기억에서도 치워졌다. 적어도 괜찮은 쓰레기 수거 서비스를 이용할 수 있는 사람들에게는 그러했다. 순진하게도 우리는 더 이상 원하지 않는 폐물들이 거대하지만 눈에 보이진 않는 쓰레기 처리장으로 운반되어 일상적인 삶의 영역에서 영원히 사라지리라 희망하고 가정한다. 하지만 환경철학자 티머시 모턴이 주장한 대로 우리가 의지할 수 있는 상상 속 '저편'AWAY은 더 이상 존재하지 않는다. 우리가 집단적으로 쌓아 왔고 모호하게 '저기 어딘가'out there에 존재

하리라 가정하는 산더미 같은 쓰레기는 현대적 삶과 관련해 일부러 무시되는 측면들에 관해 많은 것을 시사한다. 하지만 디지털 쓰레기와 달리 이처럼 물리적으로 축적된 쓰레기는 대개 매립되며, 원하는 사람 하나 없이 대수롭지 않게 여겨지고 눈에 띄지 않는 상태로 방치되다가 대부분 완전히 잊힌다. 그러나 삶이 위태로워질수록 추방과 제거라는 환상도 유지하기 힘들어진다. 유해한 공기를 들이쉬고 발암물질이 든 물을 마시고 오염된 토양에 손을 댈 때마다 우리는 쓰레기가 언제고 우리에게 돌아온다는 사실을 떠올릴 수밖에 없다. 그저 언제고 우리에게만 돌아올 뿐이 아니라는 사실도.

쓰레기를 제거하는 문제에 관한 긴 에세이 「인정된 쓰레기」La Poubelle Agréée에서 이탈로 칼비노는 집에서 나온 쓰레기를 환경미화원이 수거하도록 도로변에 내놓는 과정을 쓰레기가 사적 영역에서 공적 영역에 진입하는 과정으로 묘사한다. 그에게 이는 사회계약 또는 혹자라면 단순히 문명화라 부를 법한 것의 중요성과 가치를 환기시키는 일종의 제의적 행위다. 따라서 그는 산업사회를 살아가는 모든 사람이 개별적으로 소비하고 버리면서 발생하는 쓰레기를 수거하는 환경미화원에게 찬사를 보낸다. 그가 말하듯 환경미화원은 "저 세계의 사절들, 저승의 사토장이들……모든 생산과 소비 과정에 내재한 파괴를 넘어서는 구원의 예고자들, 시간이 남긴 잔해의 무게로부터의 해방자들, 광명을 드러내는 듬직한 어둠의 천사들"이다. 다른 대목들에서 개진되는 그의 주장들에는 거친 면이 있지만, 우리가 생산한 쓰레기가 기본적으로 우리의 대변과 동일하다는 주장은 대단히 진실하고 적절하다. 그가 말하듯 우리가 날마다 쓰레기를 내다 버리는 까닭은 청결을 유지하려는 자연스러운 욕구를 충족시키거나 환경미화원을 상찬할 기회를 잡기 위해서일 뿐 아니라 다음 날 아침 일어났을 때 새롭고 산뜻한 하루를 시작하기 위해서이기도 하다. 칼비노에게 쓰레기란 우리가 만들어 낸 사물들의 역겨운 잔여물로, 이제는 우리가 자아의 적절한 경계선이라 믿는 것들을 준수함으로써 우리에게서 제거되거나 축출되어야 한다. 우리 대부분은 이런 기분을 느끼며 지속적으로 사적 쓰레기를 모호한 '공적' 영역으로 떠넘기고는 그 이상으로 복잡하게 생각을 이어 가지 않는다. 칼비노가 말하듯 이는 정화 의식, "나 자신의 폐기물"을 내다 버리는 행위다. 이 의식을 통해 우리는 한때 내 일부였던 것과 나를 분리할 필요성을 확인하고, 따라서 그의 말처럼 내일 "나는 (잔여물 없이) 내가 나라는 것과 내가 가진 것을 명확하게 규정할 수 있다". 그러므로 쓰레기는 한 사물이 생애 주기에서 경험하는 특정한 단계 이상을 의미하는바, 하나의 사물을 쓰레기로 만드는 것은 우리가 그 대상과 맺는 특수한 정서적 관계인 것이다. 사물에서 욕망이 완전히 빠져나가면 우리에게는 욕망의 부산물인 쓰레기가 남는다. 자신의 사물다움을 잃은 사물은 제거 대상이 된다. 우리가 스스로 만든 쓰레기에 두려움을 느끼는 이유는 그것이 혐오스럽고 수치스럽고 부패하기 때문이 아니라, 달갑잖은 쓰레기들이 우리 가까이에 있으면 우리 신체가 독립적이라는 감각을 어떻게든 말소하거나 억압할 위험이 있다는 공포가 스멀거리며 생겨나기 때문이다.

    그러나 보다 직접적인 층위에서 보면 쓰레기는 누군가가

당신을 위해 제거해야 하는 것이 된다. 그리고 이러한 쓰레기는 사실 이 세계가 아니라 그저 당신의 세계로부터 내버려지거나 제거되는 것이다. 쓰레기는 여전히 어디선가 생을 종료하지만, 그때면 산뜻하고 홀가분하고 청결한 자아에 대한 우리의 낭만주의적 감각은 이미 소비와 버리기 그리고 정체성의 반복적인 순환 속에서 [다음 단계로] 이동한 뒤다. 이는 우리 대부분이 유죄인 소비와 폐기의 패턴이지만, 적어도 겉보기엔 깨끗한 디지털 쓰레기와 관련해서는 더는 이런 식으로만 쓰레기가 만들어지지 않는다. 온라인에서 우리는 늘 무언가를 없앤다. 다 읽은 탭과 창—의 일부—을 닫고 '휴지통'에 오래된 문서를 버리며 필요 없는 파일도 삭제한다. 상대가 누구냐에 따라 다르겠지만 대부분의 채팅은 언젠간 끝난다. 피드와 디지털 체크리스트도 가끔 완전히 정리한다. 하지만 갈수록 이것들은 깨끗하게 정리되지 않으며, 실제로 당신도 결코 이것들을 말끔히 정리할 수 없을 것이다. 초개인적 주목의 세상을 살아가면서 변화무쌍한 세계의 거대함과 다른 사람들 모두가 이 세계에 보이는 주목의 무게에 짓눌려 있는 우리가 어떻게 그럴 수 있단 말인가? 디지털 세계에서 폐기물은 우리가 소비하는 만큼이나 빠르게 쌓인다. 정보화 시대는 이런 식으로 우리 모두를 디지털 호더◇로 만들고 있다. 시간도 에너지도 공간도 없는데도 불구하고 우리는 점점 더 가상의 것들을 움켜쥐라고 강요받고 있다. 읽을 시간이 없어 쌓아

◇ 물건을 버리지 못하고 한없이 모아 두는 일종의 강박 장애를 겪는 사람. 이 책
7장에서도 이런 호더들이 출연하는 텔레비전 프로그램을 다루고 있다

두어야 했던 것이라고 해 봤자 고작 책 더미가 다였던 시절이 있었다. 하지만 이제는 하드 드라이브와 피드, 클라우드에까지 읽을거리가 쌓여 가고 있다.

물질의 배제에 입각한 디지털적 삶이 초래하는 심각한 환경적 결과를 무시하지 않더라도 이러한 호더 행위를 상당히 좋은 것으로 받아들일 수 있다. 디지털 두엄 더미들은 기억, 새로운 일기 형식, 자기 발견과 재발견을 돕는 중요한 조력자이기 때문이다. 디지털 쓰레기 더미는 산처럼 쌓인 골칫거리 커피 컵들과 달리 적어도 잠재적으로는 특정한 개인적·문화적 순간들과 결부된 다수의 집단적인 에너지, 아이디어, 의견 교환을 담은 깊숙한 아카이브가 될 수 있다. 그리고 이것이 진부한 세대론에 기대 테크놀로지 시대에 두려움에 표하는 주장이 면밀한 검토를 견뎌 낼 수 없는 이유 중 하나다. 우리에게 상속된 문화—자동차와 주간 고속도로와 교외 지역과 일렬로 늘어선 상점가와 401(k)◇를 창조한—는 태블릿과 휴대전화에 막대한 시간을 쏟는 신세대를 꾸짖는다. 새로운 세대는 대부분 타인과 활발히 대화하고 교류하지만 이들을 경멸하는 사람들은 이 사실을 도외시한다. 그렇다면 각각의 세대는 어떤 쓰레기 처리장을 만들어 왔을까? 디지털 이전 세대들은 우리보다도 먼저 이 지구를 방사능으로 오염시켰고, 바다와 생물권에 플라스틱을 쏟아부었으며, 수십 년 동안 썩

◇ 미국의 근로자 퇴직소득보장법 401조 K항에 규정된 제도로 (달마다 혹은 연마다) 노동자가 재직 중 적립하는 연봉의 일부와 회사 분담금을 합산한 금액을 투자용으로 운용하게 하는 것이다. 버락 오바마 정권 이후 자동 가입제로 바뀌면서 가입자 수가 크게 늘었다.

그림 6

지 않는 싸구려 일회용품으로 대지를 더럽혀 왔다. 그럼에도 밀레니얼 세대[*]만이 방종과 낭비가 심하다고 묘사되고 있다. (바우만을 비롯해 많은 사람이 지적했듯) 최근의 역사를 보면 재앙에 가까운 종말에 급속히 다가가고 있을지도 모를 경제 팽창의 시대에 살아남고자 고군분투하는 우리 대부분이 이 시대가 생산한 쓰레기가 되어 버린 것만 같은데도 말이다.

그러는 동안에도 우리는 정보의 바다와 풍선처럼 터질 듯 팽창하는 사회 관계망 속에서 익사하는 중이거나 간신히 헤엄치고 있다. 우리는 '놓치는 것에 대한 공포'Fear of Missing Out; FOMO는 많이 들어 봤지만 '버리는 것에 대한 공포'Fear of Throwing Out; FOTO는 생경할지도 모른다. 하지만 이러한 공

[*] 엑스세대 이후 세대를 지칭하는 인구학적 용어로 시기적으로는 1980년대 초 반에 태어나기 시작한 세대를 의미한다.

포는 실제로 존재하며 매우 중요하다. FOMO가 소셜 미디어, 온라인상의 교류, 정보·위신 경제와 보조를 맞추려 애쓸 때 느끼는 불안에 근거하고 있다면, FOTO는 동전의 이면에 자리한다. 괜찮은 웹사이트, 저널, 읽을거리, 작가, 예술가, 논란거리, 이슈, 대화, 채팅, 트윗, 피드가 너무 많다. 우리는 이처럼 많은 것에, 심지어는 접근할 수 있는 많은 것에도 일종의 잔여적 애착을 느끼곤 하는데, 그것들과의 관계를 끝낸 뒤에나 그것들의 시간이나 상황이 우리를 지나쳐 간 뒤에도 그러하다. 이는 넘쳐 나는 대화에 대한 향수가 아니며, 정신없이 바쁘게 돌아가는 우리 삶이 그것들을 통과할 때 생기는 일종의 항적wake에 가깝다. 그런데 이 항적은 과거와는 다른 식으로 흔적을 남긴다. 이전 세대가 오래된 사진첩이나 편지로 가득한 신발 상자에서 먼지를 털어 냈다면, 과거가 디지털로 쌓이는 현재와 미래에는 어떤 일이 벌어질까? 우리 역시 물질적인 사물들을 가득 쌓아 두는 사람들이고, 영원히 흘러가는 현재에 잔뜩 축적된 디지털 정보들에 접근하게 해 주는 기기들을 갖고 있다고 해서 갑자기 과거에 대한 집착을 거두지는 않을 것이다. 가깝든 멀든 우리는 언제나 과거에 접속할 것이고 다른 방식으로 과거와 합일을 이룰 것이다. FOTO는 디지털 이전 시대부터 존재했지만 지금이야말로 그 어느 때보다 더욱 생생하게 살아 있다. 우리는 동시대적 삶의 영원한 현재 안에서 너무나 많은 것을 따라잡아야 하기에 나날이 세련된 큐레이터가 되어야 한다. 우리에게 소중한 것들만이 아니라 사물들을 향한 욕망을 비우고 또 비우는 일상의 과정들(타인의 분뇨에 무릎까지 파묻힌 채 하루하루를 보내는 환경미화원의 일과만큼 막중한)도 큐레이팅해야 하는 것이다.

상태 업데이트와 좋아요, 블로그 포스트가 열심히 일기를 썼던 예전 사람들의 부지런함보다도 유용한 기억 보조 장치가 아니라면 이런 것들을 스크롤할 때 우리는 어떤 기분을 느끼는 걸까? 이전 세대들이 기억과 관련된 사물들을 모아 둔 반면에(고작 십 년에 한 번쯤 먼지만 털어 냈더라도) 우리는 날마다 늘어나는 디지털 삶의 거대한 덩어리들에 상대적으로 끊임없이 접근한다. 우리는 오랫동안 읽지 않은 블로그 포스트나 오래전에 관심글로 저장한 트윗, 예전 채팅 타래가 며칠, 몇 달, 몇 년간의 기억을 (그것과 연관된 온갖 생각이나 아이디어와 더불어) 단숨에 불러일으킬 수 있다는 것을 이내 깨닫게 된다. 이처럼 기억을 불러내는 디지털 요소들은 프루스트의 마들렌과 동일한 잠재력을 내재하고 있다. 일 년 전 친구가 남긴 트윗이 깊은 연상 작용을 일으키거나 역사적 가치를 지니지 않으리라는 법은 없다. 우리는 읽거나 들을 만한 가치가 있다고 생각했던 것, 반려동물에 보인 집착, 얄팍한 유행과 가십거리, 보다 지속적인 문제들을 두고 친구가 했던 말을 떠올린다. 부분적으로 폐기된 사물들의 집합과 마찬가지로 이러한 디지털 잔여물은 우리 삶의 충만함을 전달하는 데 별다른 역할을 하지 못하지만(프루스트조차 겨우 시작하려는 노력만 할 수 있었다), 이것들은 매주 도로변에 쌓였다가 트럭에 실려간 뒤에는 기억 속에서도 소멸하는 물질적 쓰레기가 결코 할 수 없는 방식으로 우리 안에, 우리를 위해 끈질기게 남아 있다. 이것들은 잊히는 동시에 기억되고 욕망되는 동시에 폐기되는 쓰레기로, 우리가 중요하게 여긴 물건들을 모으고 쓰고 남은 쓰레기는 일주일마다 내버리는 공간인 집이라는 사물 세계에서와는 근본적으로 다른 방식으로 존재한다.

바로 이러한 본성 때문에 디지털 쓰레기는 욕망과 버리기, 과거와 현재의 구분을, 더 중요하게는 이전의 자아들과 새로운 자아—증식에 증식을 거듭하는 현재의 흐름 속에서만이 아니라 우리가 원하든 그렇지 않든 늘 끌고 다녀야 하는 디지털 과거에 지속적으로 영향을 받아 거듭 형성되는—의 구분을 흐트러뜨린다. 칼비노는 일상을 유지하려면 필요 없어진 것을 버리고 청결한 휴지기를 만들어야 한다고 말했다. 하지만 오늘날에는 내버려려 할 단순한 "나 자신의 폐기물"이란 존재하지 않으며, 우리가 장식적이고 넘쳐 나는 사물들에 매개된 삶의 잔여물들에 얽매여 있지 않은 순간도 없다. 칼비노가 날마다 기쁜 마음으로 계획에 따라 내던지는 잔여물 없는 삶이나 자아란 더 이상 존재하지 않는 것이다. 신에게 감사하게도.

3
우주의 돼지들

우주 비행사가 되고 싶다고 생각하기 전에 내 꿈은 트럭을 모는 운전수였다. 레이건 시대였다. 미국 어린이들 사이에서 우주를 항해하고 싶다는 꿈만큼이나 이런 꿈 역시 비교적 흔하게 발견되던 마지막 시기. 나는 「필사의 도전」The Right Stuff을 봤고, 열정적으로 우주선 발사 장면을 지켜보았으며, 우주와 관련된 뉴스라면 하나도 빠뜨리지 않고 찾아보았고, 우주에 다녀온 적 있는 선배 우주인들에 대해서도 모르는 게 없었다. 미국항공우주국National Aeronautics and Space Administration; NASA에서 제작한 패치와 수집용 우표 세트, 직접 공들여 조립한 1/64 크기 우주선 축소 모형을 갖고 있었고, 불운의 우주선 챌린저호에 탑승했던 우주 비행사들의 이름을 줄줄이 읊을 수 있었다. 또 행성과 주요 별자리 이름은 물론이고 사람들이 잘 모르는 태양계 위성들이 어떤 색인지도 알았다. 태양계에서 은하까지, 퀘이사에서 쿼크까지, 암흑 물질에서 블랙홀까지 모르는 게 없었다. 폭풍우가 예고되어 위협적인 구름이 잔뜩 몰려왔는데도 너무나 신이 나서 황홀해하며 앨라배마주 헌츠빌에 위치한 우주 센터 앞마당을 사방팔방 뛰어다녔던 기억이 난다. 하지만 이 모든 일이 일어나기 전, 더 작은 꼬마였을 때 나는 창밖에서 다가오는 덤프트럭의 크기와 힘에 깜짝 놀랐고, 트럭이 이 블록 저 블록을 느릿느릿 자유롭게 오르내리다가 어딘가 알 수 없는 장소로 사라져 그간 퍼 담은 것들을 모조리 뱉어 내고 외딴 곳으로 숨어 버리는 모습을 상상하며 강렬한 매력을 느꼈다. 아주 어렸을 적부터 저 먼 우주와 쓰레기 트럭에 똑같이 매혹되었던 것이다. 신비롭기만 한 우주와 쓰레기 트럭은 그때부터 마치 쌍둥이처럼 내 마음속에서 동일한 열정의 대상이 되었다.

J. R. 맥닐이 『20세기 환경의 역사』*Something New Under the Sun* 의 한 챕터 「우주 오염」에서 말하듯 정부 당국은 우주 폐기물을 조금만 제거하려 해도 비용이 지나치게 많이 든다는 입장을 고수해 왔다. 맥닐은 씁쓸한 어조로 이렇게 덧붙인다. "여하간 우주는 너무나 커서 우주 쓰레기를 수용할 공간이 충분하다. 백오십 년 전에 어느 기업가가 대기에 대해 이와 똑같이 말한 적이 있다." 맥닐에 따르면 1860년대에 시카고 사람들은 미시간 호수가 너무나 광대해 시카고에서 나오는 쓰레기를 전부 삼킬 수 있으리라 믿었다. 흑해나 황해를 비롯한 많은 바다에 오랫동안 쓰레기를 투척해 온 사람들도 같은 믿음을 품고 있었다. 맥닐에 따르면 이 믿음이 틀렸다는 사실을 시간이 증명했다. 보다 포괄적인 관점에서 그는 우리 사회는 우리가 만들어 낸 쓰레기들을 모두 치워 버리기 위해 폐기물을 생산하는 주범들에게서 멀리 떨어져 있고 상대적으로 넓은 장소를 찾는 관행을 들였고, 공해, 오염, 팽창expansion, 방사능, 환경 파괴 등 매우 심각한 문제들이 발생하기 시작한 후에야 비로소 이런 관행을 우려하기 시작했다고 말한다. 물

론 오늘의 우리에게는 끔찍할 정도로 급증한 우주 폐기물을 추적하고자 미국 공군과 함께 '우주 울타리'를 설계하는 록히드마틴 같은 기업이 있다. 2014년 10월에는 예수회 사제이자 천문학자이며 에드윈 허블보다 몇 년 앞서 팽창 우주 이론을 제안했던 물리학 교수의 이름을 딴 무인 우주 화물선 조르주 르메트르가 우주 폐기물과 충돌 직전이던 국제 우주 정거장과 그 안에 탑승한 여섯 사람을 구조하기도 했다(사고가 벌어졌더라면 가공할 참사가 일어났을 것이다). 구조 과정은 엄청나게 힘겨웠다. 유럽우주기구European Space Agency는 예의 그 전형적인 절제 어법으로 "우주 정거장의 다국적 인력들이 그토록 다급하게 우주 폐기물을 피해야 했던 경우는 이번이 처음이었다"라고 발표했다. 땅이나 바다에 떨어지지 않고 궤도를 따라 도는 이 파편들은 심각한 파괴력을 지녔다고 여겨진다. 지구로 내려왔더라면 거의 아무도 주목하지 않았겠지만 말이다. 우주 쓰레기는 크기가 아니라 속도 때문에 우리의 집단 의식 속에서 파괴의 대리자로 인식되고 있다. 폭발하는 우주선 정도는 되어야 우리의 시선을 끌 만한 이 세상에서, 우주 쓰레기에 대한 이러한 공포는 롭 닉슨과 로버트 벌러드가 오랫동안 분석해 온 느린 유형의 폭력, 즉 날마다 조금씩 보이지 않게 고통을 가하며 그리하여 별다른 주목을 받지 못하는 오수 유출, 암 골목cancer alley,◇ 소리 없이 천천히 생명을 파괴하는 유독 물질의 축적 등과 날카로운 대조를 이룬다.

◇ 산업 공장이 밀집한 루이지애나의 어느 지역에서 거주민들의 암 발병률이 유독 높아져 해당 지역에 붙여진 명칭.

1970년대에 우주 쓰레기를 다룬 텔레비전 프로그램이 하나가 아니라 둘이 있었다는 사실은 당신이 텔레비전과 1970년대에 대해 알아야 할 모든 것을 말해 준다. 「쿼크」Quark(앤디 그리피스가 출연하지 않은 70년대 우주 쓰레기 관련 텔레비전 프로그램)는 심우주deep space에서 쓰레기 수거를 담당하는 다양한 종으로 구성된 무리들이 펼치는 상투적이고 재미없는 모험을 보여 주려다 일찍 종영한 시트콤이다. 그보다 십여 년 앞서 「졸업」The Graduate으로 아카데미 각색상을 수상한 벅 헨리가 각본을 집필했음에도 불구하고 「쿼크」는 1970년대 최악의 텔레비전 프로그램 중 하나였고, 이 사실은 시사하는 바가 있다. 쿼크 선장이 보이스오버로 우리에게 말을 건넨다. "더러움과 오염을 확실히 찾아내고 회수하기 힘든 우주 비닐봉지를 수거해 해당 장소를 처음 도착했을 때보다 더욱 깨끗하게 만드는 것이 나의 임무다." 그는 쓰레기야말로 진정한 '최종 전선'이라고 말한다. 가슴에는 커다란 UGSP(은하연합위생순찰대) 패치를 부착하고 있는데, 이 패치에는 보는 사람이 다 창피하게도 꽉 채워 묶인 쓰레기봉투 로고가 선명히 새겨져 있다. 다른 우주선 사령관들은 블루톤 갱단을 무찌르거나 고르곤 방어 계획을 가로채는 등 은하를 안전하게 지키느라 분주하지만, 쿼크 선상은 걸어다니는 클리셰들이자 지나치게 공격적인(이런 프로그램에 등장하는 캐릭터들이 대개 그렇듯) 오합지졸 승무원들을 태운 쓰레기 바지선을 조종한다. 다른 사령관들은 그의 쓰레기 이야기에 관심이 없다("아, 쓰레기를 싣고 다니신단 말이지." 한 사령관이 말한다. "그러니까, 음, 아주 흥미로운 일이군요"). '헤드'(극중에서 통신 화면에 몸통 없

그림 7

이 거대한 머리로만 나타나는 존재)는 다른 사령관들에게는 흥미진진한 임무를 맡기는 반면 쿼크 선장에게는 오직 '쓰레기'를 치우라는 임무만 준다. 다행스럽게도 이 시리즈는 첫 시즌만 방영하고 종영했는데, 최종화는 「2001: 스페이스 오디세이」2001: Space Odyssey를 차용하면서 마무리된다. 고도의 지능을 갖춘 컴퓨터 바네사가 쓰레기 우주선 승무원들을 폐기물로 만들어 버리겠다고 위협한다. 우주선과 승무원 전체를 지휘해 온 바네사는 결국 쿼크 선장을 살해할 생각으로 그가 죽을 때까지 우주 쓰레기들 사이를 떠돌게 만들려 한다. 승무원들은 사실상 우주선을 집어삼켰던 컴퓨터에게서 가까스로 통제권을 되찾는다. 마지막 장면에서 사악한 컴퓨터는 광활한 우주로 내던져지고, '본 프리'Born Free가 아쉬운 듯 울려 퍼진다. 이 컴퓨터는 우주를 떠다니는 쓰레기 한 조각이 된다.

결코 수거되지 않고 아무도 그리워하지 않을 쓰레기가.

「쿼크」는 트랜스젠더 문제와 여성·남성 정체성의 표지들 그리고 훌륭한 취향에 대해 지독히 구식일뿐더러 공격적인 태도를 취하지만, 그러면서도 이 프로그램만의 놀랍도록 둔감하고 조잡한 방식으로 쓰레기를 운송하는 사람들과 항상 결부되어 온 계급적 속물근성을 정교하게 보여 주려 분투한다. 반감이 깊이 뿌리내린 평론가에게 「쿼크」처럼 저급한 작품을 깊숙이 들여다보는 건 어리석은 일이겠지만, 「스타트렉」Star Trek 같은 SF 장르를 비롯해 무수히 많은 당대의 영화·드라마를 끊임없이 차용하는 이 프로그램은 자신이 조롱하고자 하는 주요 SF 작품들의 비현실적이고 탈물질화된 세계관을 생생히 드러낸다. 많은 사람이 톨킨의 세계관이 현실 정치경제와 따로 노는 것처럼 보인다며 맹렬히 공격했듯, 이 시기의 SF 작품 대다수는 노동의 본질과 삶의 물질적 조건의 재생산 혹은 경제조직의 양태에 형식적인 관심 이상을 보이려는 의지가 없었거나 보이지 못했다. 이 작품들은 결핍의 세계나 풍요의 세계를 배경으로 스토리를 정초시키지만 이러한 설정 너머까지 확장해 나가지는 않았다. 권력과 생존을 위해 은하들이 벌이는 투쟁이 플롯을 이끄는 주요 위기인 작품에서 중요한 것은 은하 간 전투다. 하지만 쓰레기 처리와 관련된 일상적 리얼리즘과 나란히 놓이는 순간 심각해 보였던 저 우주적 위기들이 돌연 장르적 허세로 느껴지기 시작한다. 반면 「쿼크」의 승무원들이 하는 일은 희미하게나마 현실적이라는 인상을 준다.

우리는 기술 발전이나 항성 간 권력 행사를 전시하는 데 전

넘하는 SF 작품 거의 전부에서 이처럼 쓰레기를 경멸하는 태도를 볼 수 있는데, 이는 지금까지 SF에서 묘사되는 세계와 우리 세계를 구분하는 주된 방법이었고 지금도 그렇다. 「스타트렉」의 한 에피소드인 '사랑스러운 트리블'The Trouble with Tribbles을 보자. 기관장 스코티가 체코프 소위와 술을 마시고 있는 동안 클링온 종족 참모인 코락스는 앙심에 차서 커크 선장의 됨됨이와 엔터프라이즈호를 비방한다. 코락스는 레귤런 장구벌레가 생각난다며 지구인을 모욕하기 시작한다. 체코프가 화를 내려 하지만 스코티가 가라앉힌다. 그러다 코락스는 단호한 어조로 커크 선장만큼은 유일하게 레귤런 장구벌레를 떠올리게 하지 않는 지구인이라고 말하더니 곧바로 이렇게 덧붙인다. "레귤런 장구벌레는 부드럽고 흐물거리지. 하지만 커크는 부드럽지 않아. 건방지고 고압적인 커크는 자기한테 힘이 있다고 착각하는 양철 독재자일지도 모르지. 하지만 그는 부드럽지 않아." 취하지 않은 스코티는 이런 모욕을 받은 체코프가 싸움을 시작하려는 걸 말리지만, 코락스는 스코티마저도 견디지 못할 정도로 상황을 밀어붙인다.

> 코락스 물론 커크 선장은 이 우주선을 지휘할 만한 사람이지. 우리는 엔터프라이즈호를 좋아해. 정말이야. 축 처져서 낡고 녹슨 양동이처럼 생긴 모양새가 꼭 쓰레기 배 같단 말이지. 사분면quadrant의 절반이 알아. 그래서 그들이 클링온어로 말하는 법을 배우고 있는 거야.
>
> 체코프 스콧 씨!
>
> 스코티 [코락스에게—인용자] 이봐, 다시 한 번 말해 봐.

코락스 그래, 잘못 말했어. 엔터프라이즈호가 쓰레기를 날라야 한다는 게 아니었어. 엔터프라이즈호도 쓰레기처럼 실려 가야 한다는 말이었지.

그때부터 아수라장이 펼쳐진다. 어린 시청자였던 나는 쓰레기 배 운운이 뭐가 그리 공격적인지 좀처럼 이해할 수 없었다. 후에야 나는 쓰레기를 치우는 일이 중요하지 않아서가 아니라 우리가 부인하고 싶어 하는 더러움을 똑바로 돌아보게 하는 일이어서 경시된다는 것을 알게 되었다. 쓰레기를 거부하면서 우리는 쓰레기와 관련된 모든 것을 거부하려 한다. 「스타트렉」 같은 작품들은 티끌 하나 없이 깨끗하고 질서정연한 미래를 문명의 진보 혹은 존속을 위한 전제 조건으로 상상한다. 하지만 이러한 상태를 유지하려면 끊임없이 갖가지 난장판에 처했다가 벗어나는 과정을 반복해야 하는데, 그러면서도 겉으로는 매우 보기 좋은 모습만을 보여 주어야 한다. 「쿼크」는 「스타트렉」 같은 작품들에 나타나는 바로 이런 거짓 청결을 조롱하고 있는 셈이다.

쓰레기는 SF만이 아니라 대중문화 전반에서 편리한 펀치라인으로 기능한다. 전통적인 유토피아 관점의 SF 작품(특히 영화)에서는 쓰레기가 널린 풍경을 제거하거나 포함하거나 숨기거나 초탈하는 능력이 가장 끈질긴 시각적·언어적 기표로 활약한 반면, 디스토피아 관점을 취하는 거의 모든 SF 작품은 쓰레기, 더러움, 오염 물질, 잔해와 떼려야 뗄 수 없는 관계를 맺고 있다. 이는 SF 영화나 소설이 정치경제나 사회적 조직을 깊이 고민하지 않고 활용하는 방식이며, 특정한 SF 스토리가 전개되는 일반적인 과정에서 시각적인 차원이 그토록 중요하게 여겨져 온 이유이기도 하다. SF 장르는 완벽히 달성된 전체주의적 미래 체제를 묘사할 때 고도로 발전한 기술과 그 체제가 이해하는 '질서정연함'을 청결하고 쓰레기 하나 없는 풍경의 차가운 살균 상태와 연결하곤 한다. 이러한 체제의 건축물, 사회 계획, 일상적인 삶과 관습은 어쩐지 비인간적이고 영혼 없어 보이며, 우리는 위기의식을 느낀다. 허버트 조지 웰스의 [『타임머신』*The Time Machine*에 등장하는] 이름 없는 시간 여행자가 엘로이족이 손 내밀면 닿을 듯한 거리에서 동족이 익사하고 있는데도 바위 위에서 햇볕을 쬐고 있는 목가적인 악몽과 마주쳤을 때나 고대부터 전해져 왔으나 아무에게도 읽히지 않은 책으로 가득한 도서관이 무너져 무용한 먼지가 되어 버리고 말던 때처럼 말이다.

새뮤얼 R. 딜레이니는 전통적인 SF 작품들이 이처럼 미래를, 특히 그가 '정크 시티'라는 포괄적인 표현으로 분류하는 미래 세계를 시각적으로나 서사적으로나 다소 부적절하며 섬세하지 않게 묘사하고 있다고 지적한다.

정크 시티는 당연하게도 노동 계급이 거주하는 교외 지역의 현상으로 시작됩니다. 모터 절반이 달아나고 바퀴가 세 개뿐인 자동차가 뒤뜰에 널브러진 문짝 없는 냉장고 옆에서 지난 사 년간 덩그러니 세워져 있었다고 생각해 봅시다. 어렸을 때 전 정크 시티의 첫 번째 징후를 캐널 스트리트 전자 제품 거리에서 목격했습니다. 폐기된 군용 전자 부품을 이십오 센트나 칠십오 센트에 파는 상자에서였지요. 하지만 진정한 정크 시티는 첨단 기술과 더불어 모습을 갖추기 시작했습니다. 바로 비디오게임 카트리지 더미 옆에 놓인 다리 없는 커피 테이블, 잡다한 워크맨 이어폰으로 가득한 서랍, 도심 지역의 폐건물, 작년까지는 오천 달러에 팔렸지만 지금은 청소부(혹은 아무나 먼저 집어가는 사람)를 기다리며 길모퉁이에 나앉은 컴퓨터 따위(조금이라도 월세가 싼 곳을 찾으려는 사무실이 성능은 다섯 배지만 가격은 삼분의 일에 불과한 신모델로 작년의 컴퓨터를 대체하고 있기 때문에)가 우리 집이나 동네에 출몰하기 시작하는 때죠. 이건 『멋진 신세계』Brave New World에 등장하는 통제와는 전적으로 다른 기술적 카오스의 이미지입니다. 1930년대 초반의 올더스 헉슬리나 1940년대 후반의 조지 오웰로서는 전혀 상상할 수 없었던 이미지인 거죠.

나와 타인의 쓰레기가 무수한 방식으로 쌓이는 환경에서 자란 우리는 정크 시티를 완전히 현실적인 미래상으로 파악한다. 모두가 알다시피 이러한 미래는 사실상 사방에 쓰레기가 널린 현재와 크게 다르지 않다. 정크 시티는 빈민가, 게토, 도심 지역, 거주 지역, 변두리 등의 다른 이름으로, 여기서는 소비문화의 모든 잔재가 레디메이드 크로부존적◇ 판자촌의 기둥과 배경을 형성하는 중고 폐기물이 되어 피할 길 없이 환영받지 못하는 존재로 생을 마감한다. 브루스 스털링의 『네트워크의 섬들』Islands in the Net에 나오는 말하고 움직이는 쓰레기

◇ 크로부존은 영국의 소설가이자 좌파 활동가인 차이나 미에빌의 소설 『퍼디도 스트리트 정거장』Perdido Street Station과 『아이언 카운슬』Iron Council 등에 등장하는 가공의 도시 국가다.

통이나 필립 K. 딕의 『안드로이드는 전기 양의 꿈을 꾸는가?』 *Do Androids Dream of Electric Sheep?*에서 종국에는 세계를 집어삼킬 정도로 끝없이 쌓이는 쓰레기인 '키플'이 그토록 기억에 남는 이유가 여기에 있다. 딕의 소설에서는 싸구려 페이퍼백 SF 소설들과 지구에 넘쳐 나는 더러운 키플이 누구에게도 읽히지 않고 사랑받지 못한 채 로켓에 화물로 실려 화성으로 발사된다. 진 울프의 『새로운 태양의 서』 *Book of the New Sun*에서 먼 미래의 고문 기술자 협회는 거대한 개조 우주선의 둥근 밑바닥에 음울한 거주지를 마련한다. 문명의 황금기가 보유했던 기술적 역량은 시간의 안개 너머로 사라진 지 오래다. 데이비드 포스터 월리스의 『무한한 흥미』 *Infinite Jest*에서 근미래의 미국은 그저 '거대 요면'이라고만 알려진 캐나다의 몰수지에 엄청난 양의 쓰레기를 내버린다. 「퓨처라마」 Futurama의 쓰레기는 우주로 발사된다. 「이디오크러시」 Idiocracy에서 미래의 미국은 사회가 우둔한 소비주의 아마겟돈을 향해 감에 따라 쓰레기 더미에 파묻히고 있는 중이다. 디즈니의 「월-E」 Wall-E에서 지구인들은 쓰레기만 남겨 둔 채 비대해진 몸을 이끌고 다른 별들로 이주한 상태며, 이 영화에서 지구의 산맥들은 온통 쓰레기를 향한 인류의 채울 수 없는 갈망을 해결하는 작업장으로 남는다. 이 밖에도 헤아릴 수 없이 많은 작품이 우리가 유토피아적 혹은 디스토피아적 미래상과 쓰레기의 관계를 생각할 때 정크 시티가 우리 시대를 주도하는 이미지라는 사실을 고려하지 않을 수 없다는 것을 알려 준다.

작품 속에서 쓰레기와 쓰레기가 가하는 충격은 가능한 미래를 상상하는 데 있어 1970년대의 저급 텔레비전 SF 프로그램이나 SF 소설의 황금기를 수놓았던 작품들에서보다 오늘날 훨씬 더 대중적인 소재가 되었고, 또한 시간·공간·필멸성이 초래하는 환원 불가능한 혼란스러움을 초월하려는 우리의 욕망 및 새로운 기술 유토피아에서 불필요한 존재가 될지도 모른다는 우리의 공포에 SF 작품들이 보인 양가성을 그 작품들이 해소하는 수단이 되었다. 새뮤얼 R. 딜레이니의 작품이나 알폰소 쿠아론의 「그래비티」Gravity, 유키무라 마코토의 만화 『플라네테스』Planetes, 닐 블롬캠프의 「디스트릭트 9」District 9 등에서 쓰레기 및 쓰레기가 인간과 포스트휴먼에게 미치는 효과는 저 빛나는 미래들의 한계를 탐사한다는 SF의 오랜 관심사와 균형을 잡는 역할을 수행하는데, 이 미래들에서 우리 시대와 다음 시대에 발생한 기술관료적·정치적·사회적 문제들 일부는 확실히 '해소'되었으나 길거리 청소부가 쓰레기 문제를 배수로에 쏠어 넣는 것과 비슷한 방식으로 '처리'되었을 따름이며, 그리하여 어쩔 수 없이 무질서하고 혼란스러운 삶으로 회귀하기 직전 상태에 처해 있다. 부서진 위성들, 낡은 우주 정거장의 부식된 잔해들, 타고 남은 형해들, 어긋난 볼트와 너트 들이 침묵이 펼쳐진 우주를 시속 수천 마일로 돌진한다. 이런 모든 것이 인간이 배출한 쓰레기만이 아니라 인간 그 자체를 없애려 노력하는 세계의 지루함을 파괴한다. 우리가 기술·과학·문명의 발전과 쓰레기 비슷한 무엇으로 가득 찬 미래를 결부시키는 데 매력을 느낀다는 사실은 가장 유토피아적인 관점을 보유한 사람조차도 인간 본성의 불완전함이라는 오랜 믿음을 굳게 고수하고 있다는 사실을 알려 준다. 상상 속의 문명이 얼마나 진보했든 우리는 종종 우

그림 8

리의 무질서함이나 분노, 환원 불가능한 복잡성을 통해 우리 자신의 인간다움을 설명하려는 것 같다. 우리는 태양계 밖으로 이주하고, 유전자를 조작하고, 인공지능을 발달시키고, 광속 우주선을 발명하고, 다른 행성들을 식민지로 삼을 때조차도 어쨌거나 인간이란 무엇인지를 드러내 주는 분노와 자만을 벗어나지 못하는 것처럼 보인다. 알폰소 쿠아론과 필립 K. 딕, 유키무라 마코토의 작품을 비롯해 셀 수 없이 많은 사례에서 쓰레기와 오물, 더러운 것과 청결하지 못한 것은 진보한 사회의 도달점으로 여겨지는 전체주의 질서에 끈질기게 저항하는 상징으로 등장한다. 이렇게 상상된 세계는 아주 많이 남았을 수도, 당장 내일일 수도 있을 미래를 가리켜 보인다. 우리가 주의하지 않는다면 이 미래에서 인간은 자신이 기울인 더럽고 비효율적인 노력의 잔해와 진창에 오랫동안 파묻혀 있던 세계의 거추장스럽고 달갑잖은 흔적으로 남아 있게 될 것이다. 우리가 그토록 다른 별에 가고자 하는 건 우리의 야망과 호기심만큼이나 우리 자신의 더러움에 대한 공포 때문인지도 모른다.

마냥 작게만 보이지만 엄청난 속도로 궤도를 도는 위험하기 그지없는 잔해들은 인간의 손으로 만들어졌으나 글자 그대로 영겁회귀의 위협을 드러내는 쓰레기의 한 유형이다. 지구의 사물들은 우주 궤도에서와 달리 완전히 부메랑이 될 순 없다. 우주가 지닌 힘은 우리가 주목하지 않는 사물들조차도 경악할 만한 힘과 무심함으로 모든 것을 파괴하는 수단으로 변모시킨다. 우리 시대가 어떤 교훈을 주기 시작했다면, 그 교훈이란 이 지구에서는 우리가 보이지 않는 곳으로 내버린 물체가 무엇이건 언제고 우리에게 다시 돌아온다는 것, 때로는 앙심을 품고 돌아온다는 것이다. 티머시 모턴은 우리 세계를 하이퍼오브젝트hyperobject라 표현하는데, 이 세계는 사물들의 적절한 범위에 대한, 혹은 사물들 사이의 경계에 대한 낡은 사고방식을 재고하라고 강요한다.

우리는 변기의 U자 부분을 물을 내릴 때 딸려 들어가는 것이 무엇이든 이쪽은 깨끗하게 남겨 둔 채 그것을 저편away이라 불리는 완전히 다른 차원으로 가져가는 존재론적 공간의 편리한 만곡부로 생각해 왔는지도 모른다. 하지만 이제 우리는 더 많은 것을 알고 있다. 쓰레기는 신비로운 저편이 아니라 태평양이나 하수처리장으로 향한다. 하이퍼오브젝트 지구와 하이퍼오브젝트 생물권에 대한 지식은 우리에게 점성 표면을 드러내는데, 이 표면에서는 무엇도 강제로 벗겨지지 않는다. 이 표면에 저편이란 존재하지 않는다. 어디에도 없다.

모턴은 우리가 믿는 '저편'이 가상으로 드러났기 때문에 더는 존재하지 않는다고 주장한다. 그리고 우주 쓰레기는 그 끝없는 순환을 한층 생생하게 드러낸다. 가까운 미래에 우리는 이것이 얼마나 진실인지 혹은 얼마나 중대한 문제인지 알아보기 위해 굳이 지구를 떠나지 않아도 될 것이다. 지구온난화가 우리 일상에 한층 확연하게 영향력을 행사하기 시작했고, 우리의 미미함 및 우리가 미치는 영향력의 미미함은 불현듯 우리가 집단적으로 초래한 파국의 일부로 우리에게 되돌아왔다. 그 결과 우리가 만든 쓰레기가 힘과 폭력이 되어 우리에게 돌아오는 속도가 한층 빨라져 이제는 돌이킬 수 없는 현실이 된 것처럼 보인다. 이전 시대의 악몽이라고는 아주 작은 것들이 우주의 저 끔찍한 궤도에서 갑자기 튀어나올지도 모른다는 위협뿐이었지만, 이제 우리는 전 지구에 강력한 영향력을 행사하게 된 아주 작은 것들의 공포와 취약함을 체험하고 있다.

4

백만 년의 공포

사막에는 다른 장소들에서는 찾아볼 수 없는 저만의 박자표와 무언가에 홀린 듯한 기분이 존재한다. 소피 파인스의 다큐 「지젝의 기묘한 이데올로기 강의」The Pervert's Guide to Ideology에는 카메라가 모하비 사막의 작열하는 망각 속으로 서서히 사라지는 거대한 여객기의 메마른 기체를 오래 비추는 동안 이 시대의 파국을 이해하려면 반드시 쓰레기를 바라봐야 한다는 슬라보예 지젝의 목소리가 들려오는 장면이 있다. 모두 알고 있다시피 사막이란 그들이 정보원의 시체와 국가안보국National Security Agency에서 수집한 데이터,◊ 그리고 반도 채워지지 않은 계획 도시를 통째로 묻어 버리는 곳이다. 19세기부터 20세기에 걸쳐 원 거주자들이 강제로 이주당한 뒤 미국의 거대한 서남부 사막은 핵 실험장과 유독성 폐기물 처리장으로 채워졌다. 다른 한편 최저 생활임금이 지속적으로 낮아져 더는 해안가나 도심지에 거주할 수 없게 된 사람들이 그곳을 떠나면서 미국의 거대 사막이 또 다른 교외 지역으로 변화하

◊ 미국 CIA가 유타주에 건설한 거대 규모 데이터 센터를 말하는 것 같다. 해당 센터에 저장되는 데이터에는 휴대전화 통화 내역이나 이메일 등 개인 정보도 포함되어 있어 현재 많은 논란을 빚고 있다.

그림 9

는 양상이 나타났다.

우리의 댐이 무너질 때, 도시에서 가장 견고한 건물과 요새와 아카이브가 허물어질 때, 우리가 말하고 읽는 언어가 유실되고 오래된 책과 생각이 시간의 불길에 타들어 갈 때, 인간을 인간으로 규정하는 개념이 완전히 갱신되거나 지워질 때, 해변과 해안 지대의 형체가 거의 알아볼 수 없게 될 때, 영원하리라 여겼던 사회·정치·경제 구조가 인식 불가능한 형태로 변할 때, 우리가 이제껏 생각하고 알고 구축해 온 모든 것이 시간의 두터운 안개 속으로 퇴각할 때, 이 모든 일만이 아니라 그 이상의 일들이 지나갔을 때, 핵을 둘러싼 우리의 모험에서 발생한 쓰레기들이 이룬 거대한 산들이 최후의 최후까지 남을 것이고, 핵폐기물의 산에서 치명적인 동위원소들이 지루함에 빠진 불멸자의 무한한 인내심과 함께 사막에서 부패할 것이다. 지금부터 불과 오만 년만 지나도—그때가 오더라도 우리의 핵폐기물이 분해되려면 백만 년 이상 기다려야 할 것이다―지상 모든 해변의 모래가 밀려오는 파도에 휩쓸려 이동했을 테고, 마찬가지로 분명 하늘에도 변화가 일어났을 것이다. 큰곰자리의 등뼈 일부를 형성하는 북두칠성은 현저히 평평한 모양이 되었을 것이고, 국자 모양의 손잡이도 구부러졌을 것이다. 작은곰자리는 더 이상 곰과 닮은 구석이 없을 것이고, 지금은 아래쪽 가장자리인 부분이 윗부분이었던 곳 위에 자리할 것이다. 황소자리의 눈은 황소의 몸에서 떨어져 나갔을 것이고, 구불구불한 용자리는 뒤틀리고 꼬여제 몸을 옭아맬 것이다. 오리온자리의 곤봉은 쪼개질 것이며, 오리온의 방패는 피어나는 꽃처럼 갈라져 터져 버릴 것이다. 먼 미래에 별자리를 관측하는 사람들은 우리가 천상에 붙였던 낡은 이름을 버리고 진짜 이름을 다시 주어야 할 것이다.

　여러 세대가 지나면 천상의 별자리도 바뀌고 말 것이라는 사실을 받아들여야만 하므로 우리는 쓰레기가 우리보다 오래 살아남으리라는 사실을 부정할 수 없다. 이제껏 인간이 빚어낸 사물 중 그 무엇도, 그리고 당연히 어떤 인간도, 인간이라는 존재가 무엇을 뜻하게 되건, 핵폐기물보다 오래 존속하지는 못할 것이다. 핵폐기물의 시간은 지금 우리의 시간과 너무나 멀리 떨어져 있어서 누구도 원하지 않는 이 대상을 쓰레기라 묘사하는 것조차도 아무 의미가 없다. 쓰레기가 하나의 개념으로 성립하려면 우리가 쓰레기라는 대상과 그것을 버리는 사람들 사이의 관계를 파악할 수 있어야 하는데 이 경우엔 더는 그럴 수가 없다. 우리와 우리 후손들은 초토화되었을 것이고, 쓰레기가 아니었던 모든 것도 마찬가지일 것이다. 우리가 영원히 격리할 수 있다고 믿었던 방사능 덩어리가 우리 자리를 차지할 것이다. 마치 우리가 거주하고 있다고, 소유하고 있다고 상상했던 세계가 마지막으로 대혼란을 겪는 와중에 방사능이 우리를 완전히 쓸어내 버린(그 역이 아니라) 것처럼, 쓰레기를 생산하던 우리 자신이 시간의 쓰레기가 되어 버리고 완강한 플루토늄이 세계의 주인이 된 것처럼. 그 미래에 남아 있을 기계인지 정신인지 모를 존재가 길고 복작거리는 역사의 해변에서 우리를 집어 들어 우리의 본질을 궁금해할 때, 우리의 생명과 신체와 사고, 우리가 한때 원했다가 내버린 모든 것이 유령처럼, 수수께끼의 표류물 조각처럼 나타날 것이다. 그때 어떤 존재가 남아 있을지는 모르지만, 우리의 핵폐기물과 미래 문명에 핵폐기물을 경고하려고 세워 둔 희미한 표지물들은 그 자체로 하나의 묘가, 인류세Anthropocene◊를 위한 진혼곡이 될 것이다.

존 다가타와 세라 장을 비롯한 여러 사람이 기록해 온 바와 같이 '폐기물 격리 파일럿 플랜트'Waste Isolation Pilot Plant; WIPP❖는 뉴멕시코 동남부 델러웨어 분지에 위치한 고준위 폐기물 심지층 처분 시설이다. 칼스배드 캐번스에서 멀지 않은 이 지역에는 1200~1400년 전 원주민들이 상형문자와 요리용 열판을 남겼지만 이것들 대부분은 이미 사라졌거나 파괴되었다. 이 폐기물들이 추가적인 우주 쓰레기가 되지 않도록 트

◊ 인류의 환경 파괴로 인해 급격하게 변화한 지구 환경을 지키고자 싸워야 하는 시대라는 새로운 지질학적 개념.

❖ 핵폐기물 격리를 위한 실험 시설로 세계에서 세 번째로 깊은 저장소에 마련된 초우라늄 방사능 폐기물을 일만 년 이상 보관하는 것이 목적이다.

그림 10

랜스컴TRANSCOM◇ 위성들이 지구 궤도를 돌면서 어마어마한 양의 치명적인 초우라늄—모두 불안정하며 방사능 오염을 야기하는—을 운송하는 과정을 일일이 감시하고 있다. 초우라늄 폐기물은 해수면보다 훨씬 아래에 위치한 광대한 암염 동굴과 호수 밑바닥 깊숙한 곳에 매립하도록 되어 있다. 1992년에는 WIPP 토지회수법안Waste Isolation Pilot Plant Land Withdrawal Act이 제정되어 약 16제곱마일의 토지를 공공 사용 목적지로 지정했고 어떤 형태의 진입도 금지했다. 이 쓰레기들을 저장하는 공용 시설 건설을 제안하는 '보증 요건들'은 낙관적인 명칭에도 불구하고 불과 수천 년 후의 미래를 내다

◇ 미국 에너지국에서 개발한 수송 사령부 시스템으로 방사능 폐기물 선적 및 수송을 감시하고 있다.

볼 때도 수많은 불확실성이 개입할 수밖에 없다는 사실을 숨길 수 없으며, 이 요건에서 언급하는 일련의 정교한 '수동적인 제도적 통제'—다음 몇천 년 동안 잠재적 침입자를 차단하고 우연한 침입의 가능성을 줄일 수 있는 신뢰할 만한 경고 시스템 표지물들을 구축하고자 노력하는 와중에 토론과 논쟁, 설계의 대상이 된—따위는 공상에 가깝다. 핵폐기물 전문가인 존 다가타는 『어느 산에 관하여』*About a Mountain*에서 "핵폐기물은 수천만 년은 족히 남아 있을 것"이라고 단언한다. 이 말은 WIPP가 얼마나 황당하고 소름끼치는 헤라클레스적 기획인지 곱씹어 보게 한다.

우리로서는 먼 미래를 도저히 파악할 수 없음을 고려할 때, 핵폐기물을 안전하게 매립하고 수천 년 넘게 버틸 수 있는 안정적인 경고 시스템을 구축하기가 불가능하다는 사실을 이해하려고 351쪽에 달하는 「인간의 폐기물 격리 파일럿 플랜트 침입을 막기 위한 표지물들에 관한 전문가 판단」Expert Judgment on Markers to Deter Inadvertent Human Intrusion into the Waste Isolation Pilot Plant 전체를 꼼꼼히 읽을 필요는 없을 것이다(하지만 부디 읽어 보시길!). (전부 고학력 백인 남성인 저자들이 집필한) 이 발상의 목적은 언어, 별자리표, 얼굴 표정, 정교한 상징, 토루土壘 등 갖가지 요소를 이용해 "예상치 못한 문화적 변화를 우회"하는 것이다. 모두 남성으로 이루어진 전문가들은 이를 특별한 도전이라 못 박고 있으며, 이들의 제안은 이상적인 형태를 피해 집중되어 있지 않고 불편한 공간 설계를, "불규칙한 기하학의 채택과 정교한 만듦새의 거부"를 포함하고 있다. 예컨대 "가시나무 지대", "대못 지대", "대못 출몰 지대", "기대어 놓은 석조 대못", "위협적인 토루", "블랙홀", "돌무더기 지대", "접근 금지 블럭" 등이 이러한 설계에 들어 있다. 하지만 수백 년이 지났다고 해서 이런 풍경을 배회하려는 바보가 한 명도 없을까? 미래라는 것이 존재한다면 그 미래에도 그런 바보들이 있을 것이다. 일단 나부터도 돌무더기며 대못 구조물이 널린 들판이 꽤 근사하게 들리기 때문이다. 미래인이(그들도 우리와 비슷한 인간 존재라면) 이런 구조물들에 꼼짝없이 홀려 다가가는 모습을 상상하기란 어렵지 않다. WIPP가 내놓은 방대한 보고서의 마지막 부분은 칼 세이건이 패널들에게 보낸 답신이 차지하고 있다. 아직 오지 않은 머나먼 시대를 위해 핵폐기물 지대에 표지물을 남기자는 제안에 자신의 생각을 덧붙일 수 있어 감사하다는 말을 전한 뒤(그는 비꼬는 투로 다음과 같이 부연한다. "그때라고 해서 핵폐기물이 완전히 사라지지는 않았으리라 생각하는데"), 세이건은 시간이 아무리 흘러도 오역되지 않고 버틸 만한 유일한 표지물은 해골과 두 개의 뼈가 십자가 형태로 교차된 그림일 것이라고 설명한다. 그는 주기율표, 주요 언어, 그리고 북두칠성의 예상 변형 형태 등을 표지물로 남기라고 조언한 다음 이렇게 말한다. "하지만 결국 수백 년이 지나도 통할 유일한 상징 표시는 해골과 십자가 형태의 뼈 두 개를 그려 넣은 그림일 겁니다."

칼 세이건과 소수의 패널들이 인지하고 있었듯 이 사업은 전체적으로 실패할 운명인 것처럼 보인다. 이미 솔트베드saltbed에서 염수가 유출되어 핵폐기물 저장소를 부식시키고 있을지 모르고, 페코스강의 수원인 러슬러 대수층Rustler

Aquifer으로 오염수가 흘러들고 있을지도 모른다. 계획된 시스템을 위한 선행 연구가 진행되던 동안에도 이미 해당 지역에서 지진이 발생한 바 있다. 유출 또한 진작부터 일어나고 있었다. 2014년 밸런타인데이에 사고가 발발해 반경 1.5마일 이상의 지역에 방사능이 유출되었다. 열세 명의 직원 중 유출 사고 당시 지하에 있던 사람이 없었는데도 이들 모두가 체내 방사능 오염 진단 결과 양성 판정을 받았다. 프로젝트 초기부터 아주 근본적인 문제가 발생하고 있음을 고려할 때, 예상할 수 없는 문화적 변화를 우회하고 먼 미래를 계획하겠다는 굳은 목표는 애초에 이러한 핵폐기물을 만들어 낸 다수의 활동—인간에 대한 다른 인간의 지배—을 승인했던 것과 동일한 제국적 자만의 냄새를 풍긴다. 복잡하고 난해한 '전문가 판단들'은 일종의 소극farce처럼 읽히는데 그 이유는 미래와 관련된 가장 기본적인 것들조차도 이해하지 못하는 우리의 무능을 생생하게 기록하고 있기 때문이다. 이 미래에는 기술적 퇴보와 기술적으로 덜 발전했던 시대로의 회귀가 발발해 사막화가 걷잡을 수 없을 정도로 진행되었을 것이고 전 지구적으로 기상이변이 일어났을 것이다. 지금의 우리로서는 그때의 정치적·경제적·사회적·문화적 변화를 상상조차 할 수 없다. 우리는 어떤 정부가 통제력을 갖게 될지, 정부라 부를 수 있는 것이 미래에도 여전히 존재할지, 실제 생활 공간에서 살아가는 우리 대부분과 비교해 미래 세대는 누구 혹은 무엇이 될지, 인류가 생존할지 아니면 절멸할지 등 보다 어두운 전망의 질문을 던질 수밖에 없다. 그렇기 때문에 핵폐기물 문제를 해결할 목적으로 마련된 모든 장치에서 가장 주목하

그림 11

지 않을 수 없는 부분은 그것들을 둘러싸고 구축된 당혹스러운 수사들이다. 이들 폐기물 관련 서류는 권위를 세우려는 어조를 담고 있지만, 의혹, 수식 어구, 경고, 각주 속에 도사린 작은 공포로 온통 벌집이 되어 있다. 주요한 아이디어와 방지책 중에서 대단하거나 독창적이거나 유용해 보이는 것은 하나도 없다. 아성牙城, 메시지 키오스크, 방호벽, 화강암 모놀리스와 타임캡슐 등 인간이 발명하고 건설하고 유기한 공허한 구조물들은 강풍이 몰아치는 J. G. 밸러드 작품 속 잿빛 풍경에서 떼어낸 듯 느껴지는 포스트모더니티의 폐허를 고스란히 보여 준다.

　추측과 공상의 방대한 아카이브라 할 수 있는 WIPP 보고서는 인간이 만들어 낸 이 문제를 해결할 획기적인 방안을 마련할 수 있다는 믿음을 포기하지는 않았지만 (결국 영구적이지 않다고 밝혀진) 영구 동토층에 핵폐기물을 매립한다는 아이디어를 포기하면서 선택적 미래라 부를 법한 것을 말하고 있는 셈이다. 우리는 자동화나 포스트노동 사회라는 문제 또는 장기간에 걸쳐 전개되고 있는 지구온난화 위기 또는 여타 수백 가지 문제를 해결하지 못하고 있으면서도 사상 최악의 폐기물을 영구히 안전하게 보관하겠다고 공언하고 있다. 이는 인간과 인간이 만든 쓰레기가 맺는 보다 큰 관계의 일부를 구성하고 있는 듯 보인다. 우리 인간이 모든 종류의 쓰레기와, 특히 핵폐기물처럼 가장 치명적인 유형의 쓰레기와 맺는 관계는 언제나 힘에 대한 환상에 의존하는 것 같다. 즉 인간이 자신의 쓰레기를 비롯한 세상 모든 것을 지배할 수 있다는 믿음에, 우리는 의미의 담지자로 남을 것이며 인류가 지금껏 발디딘 곳마다 흩뿌려 온 저 보이지 않는 파멸의 담지자가 되지는 않으리라는 견고한 신념에 기대는 것이다. WIPP와 핵폐기물 표지물 프로젝트는 우리가 원하면 시간과 공간을 없애거나 초월하거나 지배할 수 있다는 믿음을 드러내는 가장 강력한 사례 중 하나다. 하지만 굳은 페인트 조각 하나가, 느슨해진 나사 하나가 우주선을 완전히 망가뜨릴 수 있을진대 컨테이너를 매립한다고, 사막에 찌푸린 얼굴 표정 그림 하나를 놓아 둔다고 이들이 하려는 일의 첫 단계나 완수할 수 있을까? 결국 WIPP 보고서는 다음의 것들을 말하고 있는 셈이다. 제국이라는 영원한 꿈과 영원한 헤게모니라는 비전의 자만심을, 혼란스러운 진창에 빠진 역사를 기술적이고 기술관료적으로 해결해 보려는 필사적인 희망을, 오늘의 표지물과 경이로운 건축물 들이 영속하리라는 믿음을, 보안과 경계와 경비에 대한 집착을, 폐기물을 안전하게 보관할 기술이 전무한 상태에서 모든 것을 절멸시킬 무기를 만들고 사용하도록 한 빈곤한 상상력을.

'홍적세의 친구들'Friends of the Pleistocene◇이라는 단체가 말하듯 우리는 해법이 없는 문제를 만드는 역사적 시기에 돌입했다. 그리고 문제와 해결책 사이의 간격을 기록하는 역할을 우리의 쓰레기가 맡고 있다는 점이 점차 분명해지고 있다. 이 단체는 '안정성에 대한 대비'Hedging on Stability 연작을 통해 원자로 사고 이후 후쿠시마의 방사능 폐기물을 보관하는 데 기울인 막대한 노력을 기록해 오고 있다. 이들은 다음과 같이 말한다.

우리는 이제 역치를 넘어섰다고, 인간이 속도와 규모, 복잡성 면에서 전에 없이 창의적이고 혁신적이어야 하는 상황에 진입했다고 본다. 불행히도 인간의 삶을 이롭게 하는 혁신과 설계라는 측면에서가 아니라 위험 통제와 리스크 완화라는 측면에서 말이다. 인간의 삶과 에너지(그리고 경제)는 기후/환경을 변화시키려는 이런저런 노력을 지원하고자 아직 알 수 없는 미래를 향해 방향을 틀어야 할 것이다.

인류가 어느새 해결책 없는 문제, 즉 우리 손으로는 결코 해결책을 고안할 방도가 없는 문제들을 만들어 내는 역사적 단

◇ 뉴욕 브루클린을 기반으로 한 비영리 디자인 프로젝트 그룹으로 주로 홍적세(신생대 제4기의 첫 시기)라는 지질연대가 우리의 일상생활과 어떤 연관을 맺고 있는지를 탐사하고 있다.

계에 이르렀음을 알려 주는 가장 강력한 물질은 핵폐기물이다. 달리 말하면 우리는 어떤 문제를 해결하려다 훨씬 더 큰 문제를 새로이 일으킬 수밖에 없다. 혹자는 이것이 인간 조건이라 말할지도 모른다. 만약 그렇다면 그것은 우리가 포스트휴먼 시대에 억지로 떠넘기려 애쓰고 있는 조건일 것이다. 가공할 파괴력을 지닌 무기가 배치되지 않는 세상을 건설하지 못하고 있으면서도 우리는 거대하고 끔찍한 핵폐기물로부터 안전한 세계를 구축할 수 있다는 믿음을 버리지 않는다. 우리는 내다 버릴 수 없는 폐기물로 이루어진 산을 향해, 현대적인 삶의 부산물로 남겨진 치명적인 잔여물들에 맞춰 미래 투자 방향을 설정한다. 핵폐기물과 WIPP를 고찰하는 것은 우리의 쓰레기가 우리를 대신해 말하는 세계를 고찰하는 것이며, 이는 인간의 기획이 실패했음을 상상하는 하나의 방법이다. 마치 우리가 미래에 전할 메시지는 단 하나이며, 그것은 죽음이라고 말하는 것처럼.

우리는 절망적인 세상을 살아가고 있다. 최근 뉴멕시코 사막에서 고릿적 아타리 「E.T.」 비디오게임 재고품이 수천 장 발굴된 사건✢으로 펼쳐진 카니발적인 분위기를 보라. 전설에 따르면 수십 년 전 이곳에 비디오게임 카트리지들이 조용히 묻혔다고 한다.

✢ 1983년 저조한 판매 실적으로 '아타리 쇼크'를 일으키며 뉴멕시코 사막에 매립되었던 게임 「E.T.」 재고품을 일종의 이벤트로 2014년 회수해 일반인에게 판매한 이벤트.

그림 12

바로 그때 들로리언♦이 먼지구름 속에서 멈췄다. 1980년대 대
중문화의 잔재에 신기할 정도로 집착하는 미래 세계를 그린
소설 『레디 플레이어 원』*Ready Player One*의 작가 어니 클라인
이 내렸다. 가짜 플럭스 커패시터를 든 그는 들로리언에서 마
텔 호버보드와 '시계탑을 사수하라!'라고 적힌 전단♣을 꺼냈
다. 클라인은 1985년이 아니라 산타페에 있는 조지 R. R. 마틴
의 집에서 이곳으로 왔다. 『왕좌의 게임』*Game of Thrones*의 작

♦ 1981년부터 1983년까지 제작된 스포츠카로 독특한 디자인 덕택에 「백 투 더
  퓨처」 시리즈에 등장했다.

♣ 모두 「백 투 더 퓨처」 시리즈에 등장하는 소재로 플럭스 커패시터는 들로리
  언에 부착되어 시간 여행을 가능하게 해 주는 장치, 마텔 호버보드는 허공에
  뜨는 형태의 스케이트보드다. 전단에 적힌 시계탑은 주인공 일행의 시간 여
  행과 밀접한 관련이 있는 장소이며 해당 전단 역시 영화에 실제로 등장한 바
  있다.

가인 마틴이 「백 투 더 퓨처」Back To The Future 개인 상영을 위해 들로리언을 빌려 놓았던 것이다. 80년대에 대한 만물박사인 클라인이 여기 온 까닭은 땅에서 인공적인 물건이 발견되면 요란하게 사진을 찍기 위해서였다. 그는 고카트와 미니골프가 있는 아케이드에서 열리는 파티에 팬들을 초대해 들로리언 트렁크를 열고 『레디 플레이어 원』을 한 부씩 나눠 주면서 그날 저녁 시간을 알뜰히 보냈다.

특정 나이대의 성인들이 잃어버린 유년기의 물건을 애타게 그리워하는 경우가 있다. 아타리 게임 매립지는 이제 중년이 된 엑스세대의 노스탤지어, 게임 문화, 그리고 일상생활의 완전한 상품화가 주도권을 쥐었을 때 무슨 일이 벌어지는지를 보여 준다. 여러 계층 사람들의 어린 시절 기억은 아타리와 「E.T.」로 흠뻑 젖어 있다. 1980년대에 비디오게임 제조사들은 초과 물량을 대폭 할인가로 시장에 쏟아붓곤 했는데 「E.T.」의 실적이 너무나 저조해 초과분을 사막에 묻어야 했다. 그날부터 이 게임이 발굴된 2014년까지 이 일을 둘러싼 전설은 계속해서 부풀려졌다.

아타리 매립지라는 전설을 둘러싸고 대대적인 선전이 이루어지고 분위기가 고양되었던 까닭은 부분적으로 이 특별한 쓰레기 매립지가 80년대를 향한 노스탤지어의 형식과 내용을 함께 불러내는 방식 때문이었다. 오랫동안 출처가 불분명한 디테일을 둘러싸고 잡음이 끊이지 않았던 전설의 수수께끼들과 80년대에 미국에서 유년기를 보낸 사람들에게 대중문화의 시금석으로 남은 작품들이 담고 있던 내용이 이곳에서 깔끔하게 결합한 것이다. 「구니스」, 「백 투 더 퓨처」, 「레이더스」 등 80년대 주요 영화의 플롯은 기본적으로 신비로운 과거 유물을 발굴하거나 과거에 묻혀 있던 수수께끼와 경이를 고고학적으로 재발견하는 모험에 대한 집착으로 추동된다. 한 층위에서는 단순히 도시 전설에 매료된 대중문화와만 관련된 듯 보인 아타리 매립지 발굴 사건은 유년기를 다룬 80년대의 이야기들이 자주 의존했던 스토리를 현실 세계에서 구현하고자 당대의 시간과 장소, 인공물을 훨씬 더 철저하게 파헤친 것이었다. 과거를 발굴하는 데 따르는 위험과 보상은 당시 여러 영화의 주된 모티프였다. 「레이더스」에서는 약속된 방주를, 「구니스」에서는 외눈 윌리의 해적 보물을, 「백 투 더 퓨처」에서는 과거 그 자체를 새로이 형성하는 힘을 찾아야 했다. 그리고 이 모든 영화 뒤에는 「E.T.」와 더불어 근본적인 원동력이 된 스티븐 스필버그가 자리하고 있었다. 고전의 반열에 오른 아타리 콘솔 게임이나 역시 고전의 반열에 오른 「E.T.」처럼 스필버그는 80년대 미국 유년기의 지주spirit animals가 되어 당대 대중의 의식을 형성했다. 스필버그의 작품은 거듭 발굴과 (재)발견의 현장으로 돌아간다. 그는 순수함의 황금기를, 젊음과 젊음의 가능성으로의 회귀를, 사라진 과거를 바라보는 그의 시각을 특징짓는 명랑함과 단순한 즐거움을 끝없이 그리워한다. 아타리 매립지 발굴은 본질적으로 스필버그의 졸작이 현실에서 구현된 것이라 할 수 있다.

오래전에 버려진 아타리 게임 카트리지 더미가 우리에게 호소력을 발휘하는 이유는 유년기의 사물들, 특히 어린 시절 경험한 대중문화 관련 물건들—만화책, 만화영화, 장난감, 카

그림 13

드, 게임—이 우리에게 호소력을 발휘하기 때문이다. 이러한 형태의 노스탤지어는 깊이 파묻혀 있던 어렸을 적 기억을 되찾는 것 혹은 흘러간 시간을 되돌아보는 것과 관련되어 있지 않다. 반대로 이 노스탤지어는 잃어버렸던 유년기의 성물들과 한 세대의 허위 연대를 형성하는 그 성물들의 능력을 부활시켜야 한다는 더욱 폭넓은 문화적 강박(스필버그가 완성했으며 전형적인 사례이기도 한)의 일부다. 아타리와 「E.T.」, 스필버그가 만든 세계는 1980년대에 성년이 된 사람들의 공통어 lingua franca에서 한 부분을 차지하고 있기 때문에 아타리 매립지 발굴을 통해 집단 정체성을 찾으려는 이 세대의 열망은 우리가 공유된 문화라는 환상 속으로 후퇴할 수 있게 해 준다. 이는 단지 어떤 세대가 집단적으로 유년기의 물건들을 갈망하고 있다는 뜻이 아니라 지금의 중년들이 밀레니얼 시대에 나날이 복잡해지는 대체물이나 후속품에 보조를 맞추기가 점점 더 불가능해지고 있다는 뜻이다. 이제는 정말 긱덤◇과 대중문화 독해력이 하나의 예술 형식이자 스필버그 영화나 비디오게임을 접하며 성년이 된 세대를 이해하는 방식이 되기 시작했고, 우리가 끝없이 노스탤지어를 갱신하고 리믹스할 필요를 느낀다는 사실, 우리의 자아관을 상당 부분 형성한 게임, 영화, 만화영화, 만화책, 여타 대중문화의 잔재로 구성된 생활 세계들에 우리가 끈질기게 접속한다는 사실은 아타리 매립지 발굴이 다른 수많은 도시 전설보다 우리를 훨씬 더 사로잡는 듯 보이는 이유를 설명해 준다.

이러한 유형의 노스탤지어 기저에 흐르는 욕망들은 우리가 정서적으로 애착을 갖는, 그러나 모두 알고 있듯 그 애착이 오래 지속되는 경우는 드문 대상들을 꾸준히 모아 가며 다음 대상을 기다린다. 시간이 지나면서 우리는 아끼고 좋아했던 게임과 영화와 유년기 기억을 주술적이고 토템적인 힘을 행사하는 물건들의 컬렉션으로 분류하게 된다. 아타리 매립지 발굴은 그 시절 대중문화의 잔재들이 우리의 노스탤지어를 단단히 떠받치고 있었음을 상기시킨다. 그때의 음악, 영화, 비디오게임, 장난감은 그 시절에 대한 우리의 감각과 분리될 수 없다. 그리고 아타리 매립지 발굴 같은 가짜 이벤트들 또

◇ 특정 분야에 대해 상당한 이해와 박식함을 보이는 사람들의 모임으로 주로 인터넷 공간에 활성화되어 있다.

한 그 자체로 의미를 만들어 내며 밈meme❖이 되거나 입소문을 타게 되는데, 그 이유는 그곳에 우리의 집단적 기억이 중심을 잡고 있었기 때문이다. 과거로 회귀하는 여행에 친구들과 함께 기꺼이 뛰어들 정도로 나이가 들었지만, 동시에 과거로 회귀하는 여행에 친구들과 함께 기꺼이 뛰어들 정도로 어리다고 할 수 있는 사람들의 공통어는 적어도 부분적으로는 어린 시절의 달콤한 양분으로 빚어진 반짝이는 이 세계다. 우리는 과거에 묻힌 물건들을 숭배하는 한편, (기억을 상품화하고 정신을 기업화하는) 기업이 후원하는 노스탤지어를 경험하도록 훈련받고 있다는 사실은 잊고 있거나 개의치 않는다. 사탕, 탄산음료, 텔레비전 프로그램, 영화, 음악, 장난감, 그리고 이제 이들의 후손인 유명 블로그와 셀러브리티와 소셜 미디어 플랫폼, 최신 모바일 기술, 어플리케이션, 밈과 GIF 들. 기업과 분리되지 않는 삶이 우리 일상을 나날이 좀먹고 있듯 기억과 욕망과 성격도 기업에 잠식될 것이다. 기업의 영향력을 벗어나 살아가기가, 인생을 되돌아보기가 점점 더 어려워지고 있는 것이다. 우리가 기업들과 거의 관계 맺지 않더라도, 혹은 아이러니하거나 위반하는 관계만 맺더라도 이 관계들은 여전히 이 같은 확대 과정에 봉사한다. 이런 의미에서 아타리 매립지 발견은 발굴보다는 현대적 기업의 제품 출시에 가깝다. 이 이벤트는 대대적으로 선전되고 군중을 동원하며

❖ 생물학자 리처드 도킨스가 제안한 개념으로 유전자와 매우 비슷한 성격을 갖는다. 개체의 기억에 저장되거나 복제될 수 있는 비유전적 문화 요소로, 지식이나 문화 등 완성된 정보가 마치 살아 있는 것처럼 말과 문자를 매개체로 세대를 넘어 보존 및 전파되는 것을 뜻한다.

소문을 내고 브랜드를 알렸지만, 한편으로는 새로운 것이 아니라 오래된 것에 고착되어 있었다. 최신 아이폰을 사려고 줄 선 우리는 단순히 가속화하는 현재의 근사한 물건을 놓치지 않으려 노력하는 것이 아니다. 지금 벌어지고 있는 이벤트에, 우리가 이미 과거로 밀려나고 있다는 기분을 느끼도록 연출된 소비 사이클에 스스로를 참여자로 위치시키고자 애쓰고 있는 것이다.

5
폐허주의

우리는 쓰레기-사물들이 가시적인 곳에서만 쓰레기를 보고자 하는 유혹을 물리쳐야 한다. 쓰레기 없는 장소란 존재하지 않으며, 우리가 살아가는 시공간에 쓰레기가 고르지 않게 분포해 있을 뿐이다. 우리 일부가 우울함에 젖어 있거나 변태적인 면이 있어서 아직 망가지지 않은 새 물건을 바라볼 때마다 그것이 미래에 쓰레기가 된 상태를 떠올린다는 말을 하려는 것이 아니다. 이미 이러한 장소와 물건 들이 다양한 형태로 쓰레기 저장소가 되어 있다는 얘기다. 쓰레기라는 개념을 좁혀 헤아릴 때 이러한 쓰레기들은 우리의 시야에서 차단된다. 우리의 기억이 기업 후원으로 구축되어 온 것과 마찬가지로 우리는 쓰레기를 쓰레기통, 배수로, 파도가 밀려오는 해안, 나뭇가지 위, 지하 깊숙이 격리된 공간에서만 찾도록 훈련받아 왔다. 우리는 이런 곳에서 발견되는 것만 쓰레기라 부르라고 배웠다. 하지만 직관에 어긋나며 애매한 쓰레기 '장소들'도 있다. 무엇에 주목하느냐에 따라 쓰레기는 한낱 폐기물들의 집합이 아닐 수도 있다. 뉴욕시의 5번가, 쇼핑몰, 깔끔하게 정돈된 상점도 쓰레기 풍경이 될 수 있다. 내 경우 진정으로 심란한 쓰레기 풍경은 쓰레기장이나 배수로가 아니라 우리가 꿈

그림 14

꿔야 할 이상으로 여겨지는 공간이자 온갖 영화, 텔레비전 프로그램, 광고에서 쓰레기와 인간이 맺어야 할 적절한 관계를 구현하는 것으로 물화되는 공간인 '청결한' 가정이다. 이 시대의 소비사회가 우리에게 이상적이라 제시하는 청결한 표면들은 냄새나는 쓰레기 더미나 더러운 돼지 우리 같은 정형화된 이미지만큼이나 우리를 곤란하게 만든다. 이 표면들은 소비문화가 얼마나 만연해 있는지를 드러내는 경우가 드물고, 그리하여 소비문화의 미학은 청결함과 더러움에 관한 고대적 관념들과 맞물리게 된다. 소비문화는 온통 청결함과 행복에 대한 하나의 상에 입각해 있지만 이 상은 유지될 수 없다.

「블랙 파워 믹스테이프 1968~1975」The Black Power Mixtape 1968~1975의 한 장면에는 이른바 '게토 관광'을 위해 버스 한 대에 올라탄 사람들이 나온다. 호기심 많고 약간은 대담한 여행자들이 지저분한 도시 외곽을 둘러보는 게토 관광이라는 아이디어는 가난한 노동자 계층이나 빈곤층이 생존을 위해 필연적으로 모여들 수밖에 없는 도시 권역에서 뚜렷이 나타나는 불결함과 궁핍만으로 쓰레기를 고려함으로써 쓰레기에 대한 사고를 유리한 쪽으로 이끈다. 나는 황폐화된 공동체를 돌아본다는 취지로 시작된 '오염 관광'toxic tour이라는 현상 역시 표면상 진보적으로 보일지 모르겠지만 게토 관광과 전적으로 다르지 않다고 말하고 싶다. 페드라 페울로는 오염 지역 관광이 일종의 부정적 관광이라고, 즉 환경적 가치관을 함양하는 하나의 방법이라고 설명한다. '재난 관광'이라 불리기도 하는 이러한 유형의 관광은 외부인들이 파괴된 장소를 생생히 느끼게 하려는 좋은 의도로 기획되었다. 하지만 재난 관광과 '게토 관광'은 둘 사이의 정서적 차이에도 불구하고 동전의 양면이다. 앞면에서 우리는 실업, 빈곤, 과잉 치안, 젠트리피케이션이라는 느린 유형의 폭력을 통해 매일매일 삶을 망가뜨리는 매우 비낭만적인 형태의 쓰레기들이 초래한 피해를 점검해야 하고, 뒷면에서는 해당 도시의 주요 관광지와 대조를 이루는 혐오스러운 장소들, 인간이 만든 쓰레기 공간들을 상쾌한 기분으로 둘러보면서 안락의자에 앉은 인류학자처럼 되어야 한다. 오염 관광은 어떤 면에서는 그다지 끔찍하게 들리지 않는데, 그 까닭은 슈퍼 펀드super fund◇ 지역이나 암 골목, 석유화학 폐기물이 널린 풍경을 보러 가겠다는 사람

◇ 1980년대 미국에서 제정된 공해 방지 사업을 위한 대형 기금법으로 포괄적인 환경 대책, 보상, 배상 책임법을 말한다. 주로 오염이 심각한 지역이 슈퍼 펀드 지역으로 지정되어 정화 및 방제 작업이 이루어진다.

들은 바삐 게토를 훑고 떠나는 관광객과는 달리 생기를 잃은 지역에 관해 뭔가를 이해할 것만 같기 때문이다. 하지만 각각의 관광이 제공하는 특정한 유형의 공간적 관계를 고려할 때 전자와 후자는 동일하게 기능한다고 말할 수 있다. 우리는 사파리 관광을 하듯 미국 대도시의 지저분한 지역을 경쾌하게 거닐면서 날것 그대로의 진짜 밑바닥을 보게 되리라고, 아니면 드높은 굴뚝, 운동장 바로 옆에 괸 더러운 물웅덩이, 우리에게 행동에 나서라고 들들 볶는 쓰레기 처리장이 제시하는 끔찍한 스펙터클을 앞에 두고 생각에 잠기게 되리라고 여겨진다. 어느 경우든 우리는 여전히 외부인이라는 역할을 맡아 안락한 위치에 있다. 그렇지 않다면 관광이 아닐 것이기 때문이다. 그리고 겉으로는 구분되어 보이는 현상들을 결합하고 더 나아간 반성을 요구하는 것은 관음증, 스펙터클, 지각된 차이에 대한 이 같은 공유된 의존이다. 이 풍경이 전하는 가난과 비참의 이야기를 먼 거리에서 안락하게 앉아 들을 수 있다면 쓰레기 풍경을 한층 손쉽게 이런 식으로 읽을 수 있다. 정치경제가 종국에는 항상 공간적 관계들에서 본색을 드러낸다면 황폐해진 산업 지대의 썩어 가는 중심부는 관찰자나 방문자에게 적어도 불완전하고 낯선 곳으로 경험될 수밖에 없다. 관찰자는 자신을 완전히 에워싸고 있지 않은 것을 응시하고 있다고 생각해야 한다. 그렇지 않으면 이러한 풍경에 대한 미학적 매혹은 외설적 흥미를 위한 것이든 자유주의적 동정에서 비롯한 것이든 곧 사라지고 말 것이다. 빈곤과 결핍은 압제적 구조에서 탄생한 개념들이며, 장소는 그저 빈곤과 결핍의 특정 일부가 외부인들에게 쉽게 가시화되는 곳일 따름이다.

오늘날 우리는 썩어 가는 도시와 공동화空洞化된 산업 지구, 버려진 샛길, 글로벌화 이전 경제가 남긴 유물 등의 이미지가 점점 더 확산되어 우리를 매혹시키는 현상을 디트로이티즘 Detroitism이라고, 혹은 더 빈번하게는 폐허 포르노ruin porn라고 부른다. '폐허 포르노'는 끔찍하지만 나름대로 유용한 표현이다. 우리는 모든 매체가 이 현상에 대해 자기만의 분석을 내놓아야 한다고 압박감을 느끼는 글로벌화의 매우 특수한 순간에 와 있음을 알고 있다. 대강만 검색해 보더라도『와이어드』WIRED(이 잡지에는 해당 용어가 상세 검색 카테고리로 포함되어 있기까지 하다),『미디엄』Medium,『게르니카』Guernica,『더 데일리 비스트』The Daily Beast,『팝매터스』PopMatters,『우트네 리더스』Utne Readers,『더 윌슨 쿼털리』The Wilson Quarterly,『디 애틀랜틱』The Atlantic,『노틸러스』Nautilus 같은 인터넷 매체들이 각자의 분석을 내놓고 있다. 폐허 포르노라는 표현은 많은 이유에서 효과적인 기술어descriptor로 자리 잡았다. 한 층위에서 포르노그래피가 쾌락과 욕망을 발생시키고 전시하는 안정적이고 균질적인 형식 구축하기와 관련이 있으므로 포르노그래피가 제대로 기능하려면 관음증이 방해받지 않아야 한다. 포르노그래피가 환상으로 작용하기 위해서는 보는 사람이 반드시 현장이 아닌 먼 곳에 있거나 장면에서 분리되어 있다고 스스로 분명하게 느낄 수 있어야 한다. 보는 사람은 자신이 전혀 참여하고 있지 않은 것을 보고 있다고 지각해야 하며, 이를 실현하는 기술들(영화·사진·인터넷)은 부분적으로 보는 사람이 스스로를 외부인으로 여기는 덕분에 자극을 유발할 수 있다. 성적 요소들을 빼면 '폐허 포르노'에도 동일한 논리가 작용한다. 미학적 쾌락 혹은 공포 혹은 호기심이 주로 보는 사람이 자신의 눈앞에 펼쳐진 폐허의 광경에서 스스로를 분리할 수 있는 능력에 의존하고 있기 때문이다. 다른 형태의 관음증들과 동일하게 폐허 포르노는 우리가 만들어 낸 후 썩어 가게 내버려 둔 후기 산업사회의 쓰레기장에 결부된 새로운 관계들과 관련되어 있는 중요한 무엇을 드러낸다. 폐허 포르노 역시 다른 포르노 형식들과 마찬가지로 주제, 비유, 모티프를 상당히 많이 반복하며, 쇠퇴하고 있다고 여겨지는 대상들과 관계 맺을 때 근본적으로 보수적인 태도를 취하게 만든다. 다른 관음증적 탐닉과 마찬가지로 폐허 포르노는 제작된 욕망(우리 사례에서는 자신을 쇠락한 폐허의 운명에 해를 입지 않은 사람으로 바라보고자 하는 욕망)에 이르는 가장 쉽고도 공허한 길을 제공한다.

현재 및 현재와 연결된 미래가 존속하리라고 믿을 수 있어야, 일정 수준의 사회적·경제적 특권을 보유한 덕분에 쓰레기가 망가뜨릴 수 없는 안전한 공간(다른 환경에 처한 타인들은 고통받을 것이 뻔하지만)에서 사색을 이어 갈 수 있어야 디드로처럼 낭만주의적으로 폐허를 경배할 수 있다. 대량 살상과 모든 사물의 최후를 실제로 겪으며 살아가는 사람이라면, 오염 물질로 가득한 지역에서 죽어 가거나 간신히 버티는 사람이라면 세계의 부패에 찬탄하고 그 안에서 아름다움을 찾으려 들지는 않을 것이다. 그러나 오래된 것들의 묘지를 관광하고 당일치기 코스로 과거의 잔해들에 탐닉할 만큼 안락한 삶을 누리는 시민 주체들은 자신과 무관한 사람과 지역과 문명들의 최후에서 장엄하고 고상한 무엇을 발견할 수도 있으리라. 이런 의미에서 '폐허 포르노'는 낭만주의의 관점을 반복하지만 여기에는 퇴색한 후기 산업주의적 비틀림이 깃들어 있다. 이러한 태도로 인해 우리는 우리 자신보다 죽음에 근접해 있어 보이는 대상을 바라볼 수 있으며, 그리하여 이를 계기로 아름다움과 시간 등 온갖 고상한 낭만주의적 사색에 빠질 수 있는 것이다. 그러나 폐허를 관조하면서 우리의 제국과 삶과 꿈이 쇠퇴했음을 환기하더라도 우리가 내면으로 침잠해 새로운 대책을 강구하거나 다르게 행동하게 되지는 않는다. 이러한 낭만주의적 사고들은 잠시 반짝거리다 이내 피식 소리를 내며 사그라든다. 그리고 우리는 전과 똑같이 숨 쉬고 소란한 도시를 자신감 넘치게 활보하면서 생을 이어 간다. 폐허 관조하기는 우리가 실제로 살아가는 세계를 완전히 새롭게 평가하도록 강요하는 것과는 거리가 먼 경험이며, 폐허를 관조하는 행위 이외의 새롭고 살아 있는 모든 것과 철저히 유리된 채로 괄호 쳐진다. 폐허는 그림자를 드리우며 우리는 (아마도) 아주 조금은 더 현명해져서 현재의 빛으로 돌아가지만, 부패 중인 우리의 건축물들을 여전히 힘껏 떠받치게 되는데 우리 대부분에게는 앞으로 나아갈 다른 길이 보이지 않기 때문이다. 폐허는 우리 의식에서 멀어져야 하는 것이다. 우리가 다른 많은 것을, 즉 눈에 보이지 않는 곳에 대충 쌓아 둔 쓰레기, 우리가 걷는 길을 닦은 역사의 악몽, 모든 것을 침식하고 에워싸리라 위협하는 사실과 현실 들에 눈먼 상태로 지내게끔 하는 현실 부인 등을 의식에서 멀어지게 하는 법을 배워 온 것처럼 말이다.

쓰레기 풍경에 우리 시대가 느끼는 매혹은 스펙터클과 가시성이라는 훨씬 더 큰 문제와, 그리고 우리가 이것들에 갈수록 더 의존하는 현상이 초래한 정치적·사회적·도덕적·환경적 귀결과 관련이 있다. 어째서 이 시대에는 쓰레기를 이미지와 스펙터클로 포착할 수밖에 없는가? 지식과 언어도 중요하지만 불완전하다(우리가 "인증 사진이 없다면 일어나지 않은 일이다"라고 말하듯). 그리고 쓰레기가 우리에게 생각해 보고 행동에 나서야 하는 위험한 대상으로 가시화되어야 하는 이유는 무엇인가? 맥스 리보이론이 '폐기 연구'Discard Studies라는 제목의 블로그에서 말하듯 우리가 매일 생산하는 익숙한 고형 폐기물이 아니라 산업 폐기물이 전체 쓰레기의 98%를 차지하고 있다. 그가 바르게 지적했듯 정말로 중요하고 중대한 쓰레기 풍경을 책임감 있게 기록하려면 일반적인 쓰레기 매립지나 쓰레기통이 아니라 오일샌드, 광산, 헐벗은 산—모두 이 지구를 황폐하게 만드는 채취 산업 공정에 의해 그렇게 된—에 관심을 기울여야 한다.

생산을 지속적으로 가속화하는 사회는 경제가 위기를 겪고 붕괴하는 시대로 회귀할 때조차도 계속해서 소비자의 욕망을 자극하고 신용 경제를 성장시키는 것 이상을 해야 한다. 즉 이러한 사회는 생산 과정들(자원 추출, 노동, 조직)의 구체적 본성이 눈에 띄지 않도록 노력을 기울이는 한편, 자신이 배출한 갖가지 쓰레기가 초래한 현실과 파장을 완화시키거나 억제하려 애써야 한다. 소비자 대중이 생산의 참혹한 본성을, 그리고 소비의 장소와 사용/향유의 장소 양쪽 모두에서 배출되는 폐기물을 진정으로 주시한다면 전체 시스템은 붕

그림 15

괴하고 말 것이다. 우리는 대개 공기·토양·물에 포함된 쓰레기를 눈으로 보거나 냄새 맡거나 맛보는 일 없이 계속 숨 쉬고 물을 마신다. 직접적으로 해안가를 초토화시키거나 생물종을 말살하거나 암을 유발하는 화물선·자동차·비행기·에어컨을 직시하지 않듯이 말이다. 리보이론이 설명하는 종류의 쓰레기 매립지를 직접 보는 일조차 흔하지 않은데, 이는 산업적 도축장이나 휴대전화기가 생산되는 음산한 건물들 내부의 작업 현장을 볼 기회가 너무나도 드문 것과 같은 이유에서다.

이미지 앞에서 언어는 쓰레기를 생각하기 위해 불려 나온 가엾은 옹호자처럼 보인다. 이미지는 시간에 얽매여 있다. 모든 사진 이미지는 적어도 간접적인 방식으로 시간에 붙들린 인공물이고, 스펙터클을 지향하는 우리의 타고난 성향, 읽는 눈보다 보는 눈에 특권을 부여하는 성향 때문에 아무리 작은 쓰레기 조각이 보이더라도 우리 시선은 그것을 먼저 향한다. 실은 가끔 쓰레기와 사진이 서로를 위해 만들어진 것처럼 보이기도 한다. 커피 컵, 젖은 신문지, 플라스틱 새, 담배꽁초, 부서진 가구 더미를 보지 않고 지나칠 수는 없다. 우리가 보는 영화는 쓰레기 투성이다. 우리가 가는 화랑에는 사진과 조각들이 산더미처럼 쌓여 있다. 공연장의 무대는 쓰레기로 가득 차 있다. 하지만 그렇더라도 스펙터클의 사회에 질릴 법도 하다. 사진이 새로운 매체였고 어떤 산업도 지금처럼 거대하지 않았던 이전 세기에 사진은 상당한 의미를 생산했다. 우리는 이미지에 특권을 부여하는 오랜 전통이 그 유용성을 이미 잃었을지도 모른다고 생각해 봐야 한다. 우리가 쓰레기라 부를 법한 거의 모든 것이 일반 대중은 접근할 수 없는 폐쇄적인 장소 안에서 마구 다루어지고 있기 때문에 이제는 강렬한 이미지들이 이전만큼의 효력을 발휘하지 못할 수도 있다. 우리는 이미 빙하 분리나 북극곰 개체 감소처럼 기상이변이 빚은 파국을 지켜보라고 지속적으로 요청하는 사진들에서 이러한 이미지의 빈곤을 가장 확실하게 볼 수 있다. 믿기 어려울 정도의 규모와 속도로 환경 파괴가 자행되고 있지만, 그 파장에 대한 시각적 증거를 응시할 수 있는 구경꾼들만이 이 파괴를 인지하고 있을 뿐이고, 이것이야말로 커다란 문제 중 하나다.

한편 에드워드 버틴스키◇의 독창적인 사진 작업은 이 욕망을 이용해 인간이 환경에 미치는 영향을 목도하려는 듯 보인

◇ 캐나다의 사진작가로 주로 현대적 산업 시설을 거대 규모로 찍은 작업을 해오고 있다. 환경적·생태적·정치적·사회적 메시지를 작품 속에 객관적으로 담는 것으로 유명하다.

다. 산업 생산 시설, 채굴 현장, 에너지 포획, 쓰레기 처리장을 찍은 버틴스키의 대형 사진들은 보는 사람으로 하여금 온갖 감정을, 그 중에서도 경외감을 불러일으킨다. 이러한 감정 옆에 공포와 혐오 혹은 슬픔도 자리하겠지만 말이다. 이 사진들의 주제는 아마도 현대의 산업 현실이겠지만, 그 형식이 나타내는 것은 거의 경건하기까지 한 다른 무엇이다. 버틴스키의 사진들이 보여 주는 미학적 관심과 아름다움 — 거리감과 조망하는 시점, 색채의 사용, 카메라가 내려다보는 피사체의 어마어마한 규모와 그 자체로 거대한 크기를 자랑하는 그의 작품 — 은 환경주의자 마인드를 지닌 선량한 관람자가 받아들일 법한 것과 정반대 효과를 발휘할 가능성이 크다. 그의 사진 앞에 서면 우리는 우리가 유일하게 소유한 지구라는 행성에 이 사회가 벌이고 있는 짓에 직면해 무기력함과 티끌 같은 존재가 된 기분을 느낀다. 『버틴스키: 물』*Burtynsky: Water*에서 빛을 발하는 플로리다의 인공호는 아름답고 찬란하다. 자체적으로 발광하는 행성의 혼을, 심청색 불길 속에서 헤엄치는 미쳐 버린 신경절을 보고 있는 기분이 들기도 한다. 캘리포니아의 봄베이 해변이나 사막 오수 처리장에서 찍은 사진도 마찬가지다. 그가 조망하는 거대한 오수 처리장은 규모가 어마어마한 총천연색 팔레트 같다. 『버틴스키: 오일』*Burtynsky: Oil*에서 그는 컨카운티의 석유화학 산업에 상당한 공간을 할애하며, 우리는 태프트시의 엄청나게 광대한 펌프잭 필드를, 거무스름한 연기가 가득 메운 하늘과 대지를, 발암물질 덩어리인 스모그 연무 사이로 희미하게 모습을 드러낸 시에라네바다 산맥을 보게 된다. 앨버타 오일샌드, 아제르바이잔 국영석

유공사SOCAR 채굴지, 투산에 있는 거대한 항공우주 정비 및 재생 센터AMARC 하치장(미 공군 폭격기, 전투기, 망가진 헬리콥터 등이 보관되어 있는), 철제 부싱bushing이 가득 쌓인 캐나다의 어느 풍경(대단히 장식적이고 비현실적인 추상예술 작품으로 보이기도 하고, 미세하고 경이로운 것들이 잔뜩 모여 있는 모습 같기도 하다), 찌그러뜨려 압축한 석유 드럼통들, 타이어 더미 등 무엇을 찍은 사진을 고르든 우리는 이 모든 거대한 쓰레기를 뜯어보면서 미쳐 날뛰는 활력을, 더러운 생명력을 감각한다. 알렉스 매클린의 사진이나 (뉴욕시에서 가장 오염이 심한 수로를 불편할 정도로 예쁘게 찍은 사진들의 컬렉션인) 스티븐 허시의 「고워너스: 수면에서 벗어난」Gowanus: Off the Water's Surface을 비롯한 많은 작업에서도 우리는 쓰레기 풍경을 찬란하게 형상화하는 이 미학을 발견한다. 하나같이 생산 시설을 숭고한 대상으로 포착하는 이 작업들은 생산과 소비가 남긴 막대한 양의 유해한 쓰레기를 재앙에 가까운 인과관계를 최소화하고 아름다움을 전면에 내세우는 규모와 방식으로 가공해 새로이 포장하고 있기 때문이다.

쓰레기를 찍은 이러한 유형의 사진들은 그 어떤 것도 특정한 시점을 확보한다면 다른 모습으로 보일 수 있거나 아름다워 보일 수 있음을 알려 준다. 버틴스키는 자신의 작업에 대해 말하면서 이러한 이미지들을 취할 때 상대적으로 불가지론적인(적어도 교훈적이지 않은) 태도로 접근한다고 강조해 왔다. 이러한 이미지들은 조르주 바타유가 대단히 당혹스러운 것이라 생각했고 우리를 언제나 역겹게 하는 쓰레기, 악취, 유기물이 부패할 때 발생하는 불쾌한 요소들 같은 것을 삭제하고 있는 것처럼 보인다. 드물게 존재하는 '더러운' 사진들에서조차 쓰레기와는 거리가 먼 무엇이, 질서정연할 뿐 아니라 이에 대한 자랑스러움까지 엿보이는 무엇이 있다. 방글라데시의 폐유 재생 시설과 선박 해체 시설을 찍은 버틴스키의 사진들(그의 작업에서는 드문 장면 중 하나로 원유를 제2의 피부처럼 뒤집어쓴 사람이 큰 부분이나 중앙부를 차지하고 있다)의 구성을 보면 그 장중함에도 불구하고 한풀 꺾인 얌전함 같은 무언가가 느껴진다. 글로벌된 세계의 쓰레기 풍경들 사이에서 시작하고 끝나는 삶의 역겨움과 절망은 사라지고 없다. 이는 버틴스키가 황폐해진 지구와 황폐해진 인류의 곤경에 관심을 기울이지 않아서가 아니라, 글로벌화의 진정한 규모를 기록하려면 특정한 친밀함, 개인화, 고통을 상당히 희생해야 하는 것인지도 모르기 때문이다. 폐허 포르노 단계나 숭고함의 경지에 오른 생산 단계에서 찾아볼 수 있는 쓰레기의 스펙터클은 우리가 쓰레기와 더불어 할 수 있는 최선이 아마도 진로를 바꾸는 것이리라는 사실을, 쓰레기를 매혹의 대상으로 삼지 않으면서 쓰레기를 통해 우리의 길을 찾아보도록 노력하는 것이리라는 사실을 대면하게 만든다.

6

가시, 파편, 돌

W. G. 제발트가 『공중전과 문학』*Luftkrieg und Literatur*에서 제 2차 세계대전으로 폐허가 되어 버린 독일 도시들에 접근하는 방식을 보면, 함부르크 등 번성했던 도시들이 압도적으로 황폐해지고 삶에 대한 일상적인 이해와 너무나 동떨어져 있어 허물어진 잔해 사이를 이리저리 방황하는 생존자들이 파괴 현장에 대해 아무 말도 할 수 없을 뿐 아니라 많은 경우에는 말 그대로 현장을 볼 수도, 시선을 던질 수도, 정면으로 바라볼 수도 없다는 것을 알게 된다. 일반적인 외부인이라면 그정도 시도는 해 볼 텐데 말이다. 충격에 빠진 생존자들은 거의 빈사 상태로 도시가 늘 꼭 이런 모습이었던 듯이 잔해 사이를 정처 없이 돌아다닌다.

이는 우리가 [건물이 허물어져 만들어진] 돌무더기rubble라 부르는 쓰레기 영역이다. 에드워드 버틴스키가 자신의 작업에서 취한 조망하는 시점은 저주의 땅이 된 거대한 쓰레기 풍경에 질서정연함을 부여했다. 그가 조감도 시점을 채택하지 않았더라도 그 사진들은 다소 감정이 배제된 먼 거리가 만들어 내는 장중함과 고요함을 여전히 담고 있었을 것이다. 하지만 돌무더기의 경우에는 대상이 원래 지녔던 매력적인 상태를 더 이상 볼 수 없다. 허물어진 조각들을 다시 붙이거나 조립할 방법이 없기 때문이다. 대상은 무너져 내렸고, 무수한 조각으로 나뉘었다. 한때 아름다웠으나 이제는 복원할 방법이 없는 돌무더기는 언젠가 성당이 서 있던 곳에 쓰레기 더미로만 남아 있다. 이는 로즈 매콜리가 묘사했던 고대의 근사한 유적들과는 다른데, 적어도 우리의 이기적인 관점에서는 조산된 폐허premature ruin로 이해하는 편이 보다 정확하기 때문이다. 직전까지만 해도 사람들이 살아가고 일하고 사랑하는 장소였던 사물 세계가 눈 깜짝할 사이에 완전히 파괴되어 만들어지는 폐허가 이런 곳들이다. 우리는 이러한 폐허에 지나치게 쉽게 접근할 수 있기에 이곳들을 사라진 장엄함이라는 낭만적 사고방식으로 생각하기란 불가능하다. 이러한 폐허는 급작스럽고 예상치 못한 파괴로 만들어졌다는 사실 덕분에 가까스로 쓰레기 아카이브에 받아들여진다. 폐허가 된 이후에도 지속적으로 황폐해져 온 이 장소들은 미세 플라스틱 조각으로 배를 채운 크리스 조던의 사진 속 새들처럼 그 과정에서 우리가 욕망하고 버리는 사물들과 우리가 맺는 관계 내의 이화 단계defamiliarizing stage를 표시한다. 개별 사물에서 한낱 물질로, 날것으로 되돌아가는 이행 단계를 표시하고 있는 것이다. 돌무더기는 가로막힌 욕망의 또 다른 이름이다.

오늘날 제발트가 묘사했던 거대한 돌무더기를 만들어 내는 것은 전통적인 전쟁이 아니라 기후 잔해climate debris라 부를 법한 것들, 즉 허리케인이나 홍수, 쓰나미, 산불──샌디, 카트리나, 후쿠시마──등 자연 재해로 제자리에서 이탈된 모든 것, 우리가 사물 세계를 건설하며 방어할 수 있으리라 믿었던

그림 16

것들이다. 이들의 이미지는 지그소 퍼즐을, 수많은 불쏘시개를, 어마어마하게 쌓인 성냥개비를 상기시킨다. 허리케인이나 홍수, 토네이도가 휩쓸고 지나간 재해의 현장을, 정치인들이 불굴의 용기나 회복력에 대해 연설하기 전 슬쩍 둘러보는 잔해를 저고도로 찍은 사진에서 우리는 이처럼 특별한 종류의 말소된 대상들을 본다. 기후 잔해와 일반적인 쓰레기를 분리해 생각하게 되는 이유는 쓰레기에 대한 우리의 인과관계에 일시적으로 합선이 일어나기 때문이다. 기상이변이 만들어 낸 잔해가 발하는 매력은 강렬하다. 자연 재해나 인간 재해를 다루는 어떤 영화도 그 매력을 발산하지 않고는 배기지 못한다. 잔해를 속속들이 파헤쳐야 하고, 여기저기 흩어진 생존자들이 충격에 빠져 멍한 얼굴로 겁에 질려 떨고 있는 모습을 보여 주어야 하는 것이다. 이런 영화는 제가 축적한 거대함을 강조해야 한다. 파멸의 힘 앞에 산산조각 난 축소 모형이 배열되어 만들어진 거대한 구축물을 바쳐야 하는 것이다.

잔해의 현장은 우리가 맞이한 파국의 시대에 시각적 장엄함을 연출하는·가장 독보적인 대상이다. 우리는 테크놀로지가 소형화되고 경험이 가상화되는 시대에 돌입했다. 일상생활에서 전통적인 산업적 장면들이 삭제되고 기념비나 사회 기반 시설 같은 방대한 공공 작업들이 중도 포기된 상황에서, 잔해의 현장은 우리로 하여금 기상이변이 만들어 낸 압도적 장면들에 대해 기다렸다는 듯이 열광할 수 있는 드문 기회를 산출한다. 우리는 충격에 빠져 아무것도 이해할 수 없는 상태로 삽시간에 폐허가 되어 버린 개인적·집단적 인공물에 다가가며, "우리 인간은 현실을 따라잡으려 애쓴다"는 티머시 모턴의 말이 무슨 의미인지 깨닫게 된다. 기후 잔해의 현장이나 돌무더기를 바라볼 때, 어디서 어떻게 보고 어디에 널린 것을 보든—기차선로 위건, 나뭇가지에 엉켜 있건, 머리 위로 높이 솟은 채 악취와 연기를 풍기는 쓰레기 더미건—우리는 거의 아무것도 이해하지 못한다. 우리는 대개 자동차나 집, 도시 따위의 특정 대상들이 지닌 고유한 생애 주기에 대한 일종의 근거 없는 믿음에 기반해 쓰레기를 생각한다. 우리는 시간이 특정한 방식으로, 비교적 평화롭고 고요하게 전개되리라 기대하며 살아 왔다. 그런데 갑자기 엄청난 규모의 폐허가 닥쳐 이 기대가 우리가 스스로에게 한 거짓말에 근거하고 있었음을 상기시킨다. 우리는 우리가 시간의 지배자라고 생각했지만 실은 그 반대였던 것이다. 기후 잔해는 [우리의 사고를] 가로막고 엉망으로 만든다. 우리는 한때 전체였던 것들의 부서진 조각 앞에서 말문이 막힌 채 서 있을 뿐이다.

버틴스키가 컨카운티의 석유 생산 지역을 찍은 사진에는 시에라네바다 산맥에 위치한 작고 외딴 마을도 담겨 있다. 먼 후경에 위치해 거의 보이지 않지만. 내가 성장한 이곳 풍경에는 텅 빈 가게 앞, 바람에 쓰러진 울타리 가에 쌓인 회전초 더미, 좁은 노변을 따라 어슬렁거리는 볕에 그을린 남자들, 허물어진 건물들, 바퀴가 빠진 채 잡초 무성한 공터에 서 있는 자동차들, 햇볕 아래 녹슬고 있는 망가진 농기구들이 있다. 이곳은 내가 그 어느 곳보다도 잘 알았던 장소이고 지금도 그렇다. 로버트 스미스슨◇의 퍼세이크Passaic와 마찬가지로 진정한 폐허는 없는, 가능할 수도 있었으나 결국 포기된 미래의 잔해—원주민 몰살, 가뭄으로 만신창이가 된 농장과 굶주린 가축, 전혀 성과를 내지 못한 금맥 탐사, 댐이 무너져 물에 잠겨 버린 오락 지구, 바닥을 드러낸 호수, 아무 쓸모도 없는 먼지—만이 있는 장소.

매년 여름, 서쪽 숲과 관목지가 바싹 마르고 산불이 일어나 언덕을 넘는 길을 태워 버리기 전, 우리는 겨울에 땔 장작을 모으러 고지대로 모험을 떠나곤 했다. 어른들이 나무를 베고 장작을 패는 동안 나는 탐험가, 목장 주인, 정착민, 은퇴자, 군대가 당도하기 오래전부터 살았던 원주민들이 버린 흑요석 조각들을 찾으러 다녔다. 고고학자들은 석기를 생산하는 길

◇ 미국의 대표적인 대지 예술가로 생태·환경에 주목하고 대량 생산과 대량 소비를 조장하는 자본주의에 항거하는 작품을 여럿 발표해 왔다. 대표작 중 하나인 1970년 작「나선형 방파제」Spiral Jetty는 미국 유타주 그레이트솔트 호수에 설치된 작품으로 여기에는 아무도 구매할 수 없는 현대 예술 작품이라는 의미도 포함되어 있다.「퍼세이크」는 뉴저지 인근에 위치한 지역 이름으로 해당 작품은 그 무엇도 영구히 지속되지 않는다는 의미를 담고 있다.

고 복잡한 과정에서 발생한 파편들을 데비타주debitage라고 부른다. 나는 옛날 사람들이 작업장으로 사용했던 화강암 노출 지대 주변에서 이런 파편들을 주로 발견했다. 바위 주변 하층부를 파서 찾아낸 파편들을 빈 플라스틱 필름 통에 넣어 아무도 모르게 집으로 가져오곤 했는데 어른들이 이 훼손 행위를 용납하지 않을 것이기 때문이었다. 유리알처럼 빛나는 흑갈색의 작은 돌 조각들이 아마도 내가 처음으로 훔친 물건일 것이다. 나는 흑요석이 무척 탐났다. 여느 물건들을 탐낼 때와는 전혀 달랐다. 부분적으로는 발견 과정이 짜릿했고 집에 은밀하게 들여놔야 했기 때문이었지만 더 큰 이유는 19세기의 욕심 많은 이집트학자처럼 고대의 손길이 닿았던 물건을 너무나 열렬히 갖고 싶어서였다. 게다가 유리 진열장 안에 보관된 박물관 골동품들과 달리 흑요석 파편은 엎어지면 코 닿을 거리의 흙바닥에서 누군가가 자신을 발견해 주기를 기다리고만 있었다. 내가 내키는 대로 갖고 나머지는 내버려 둬도 된다고 생각할 만큼 가까운 거리에서.

WIPP가 남서부 사막에서 몰아낸 원주민들이 대개 나바호족이었던 것과는 달리 시에라네바다 산맥 하단에서 서쪽으로 한참 떨어진 지역에는 주로 투바툴라발족, 풋힐요쿳트족, 파이우트족, 모노족이 살고 있었다. 윌리엄 힐디브랜트와 켈리 맥과이어에 따르면 중고기Middle Archaic 시대에는 이곳에 흑요석으로 양면 석기를 만드는 시설이 있었다. 그 후 세월이 흘러 19세기 중반에 황금광, 군인, 목장주 들이 몰려들었을 때 흑요석 석기와 그 잔해는 이 지역에서 가장 흔히 볼 수 있는 고고학 기록물이 되었다. 이 지역에서 볼 수 있는 기반암

그림 17

모르타르bedrock mortar[◇]는 비교적 깊어서 원주민들은 이 움푹 들어간 부분을 이용해 도토리나 잣, 만자니타 베리를 갈거나 작은 사냥감을 손질했을 것이다. 숙련된 솜씨와 정확도, 상당한 노동력으로 파낸 모르타르들은 결국 빗물과 솔잎, 잔가지, 나뭇잎, 썩은 낙엽 따위로 채워지기 시작했을 것이고, 가끔은 바위 전체를 덮은 솔잎과 나뭇잎에 완전히 가려져 해당 지역을 탐사하며 바위들 사이나 그 위를 걷더라도 무릎을 구부리고 땅에 손을 대 숲의 잔해를 치워야 눈앞에 드러날 것이다. 수세기 전과 마찬가지로 여전히 사용 가능하며 안에 담긴 것을 간직하고 있는 공간이.

◇ 선사시대 문명권이 있었던 곳에서 주로 발견되는 기반암 모르타르는 평평한 암석에서 둥근 형태와 깊이를 지닌 오목한 부분을 의미하며, 선사시대 사람들이 곡식이나 도토리 등 식량을 저장하고 각종 노동을 수행하는 용도로 사용했다.

일반적으로 '패총'midden이라 불리는 이러한 공간들은 대개 시에라네바다 산맥에서 도토리 및 여타 식품 가공 관련 활동 지역과 궤를 같이했다. 토머스 잭슨의 주장처럼 이러한 식품 가공 지역은 "여성의 노동과 생산을 조직하는 것과 직접적으로 관련된 장소에서 여성들이 고정된 생산 시설을 만들어 냈음을 뜻한다". 패총 토양에는 여러 인공물과 기타 노동 관련 잔해들, 즉 화살촉 파편, 절굿공이, 손석기 등이 빽빽이 들어차 있다. 테리 존스가 알려 주듯 흑요석은 정착 이전 시대에 시에라네바다 중부와 남부 지역에서 가장 중요한 거래 품목이었다. 지형학적으로 복잡한 이 지대에서 높고 거친 산맥 한쪽의 협곡들은 고고도에 위치한 얕은 계곡들과 광대한 샌워킨 분지로 하강한 반면 산맥 동쪽에 위치한 산악 지형은 곧장 미국 남서부의 드넓고 혹독한 사막으로 이어졌다. 이 지역에 가장 흔하게 분포된 울퉁불퉁한 화강암은 날카롭고 반들반들한 흑요석과 달리 섬세한 석기를 만들기에 상대적으로 적합하지 않았다. 이 지역의 자연 조건상 원주민들이 내륙의 개천이나 자연적 어장에 의지할 수 없어 힘겹게 생존해야 했기 때문에 사슴, 영양, 흑곰, 보브캣, 푸마, 다람쥐, 토끼 등 다양한 이 지역 사냥감들이 수렵과 더불어 삶을 지탱하게 해 주는 중요한 대안이 되었다. 이런 이유로 시에라 전역에서 화살촉과 창끝, 박피용 칼을 만들 때 흔히 흑요석을 주된 재료로 사용할 수밖에 없었으리라는 짐작이 가능하다. 조언 게로가 편집한 『고고학의 탄생: 선사시대의 여성들』*Engendering Archaeology: Women and Prehistory*에 수록된 연구에 따르면 "그동안 선사시대 여성들은 주로 가정에서 나오는 폐기물이 밀집된 구역에만 흔적을 남겼다고 생각되어 왔다. 하지만 최소한 근거지나 가사 작업장의 중심부에서 나온 고고학적 발굴물들은 당시 여성들이 했던 일들과 관련이 있을 가능성이 크다". 게로는 조약돌 몇 줌만 남아 있는 이러한 작업 공간들을 젠더 석기 genderlithics의 영역이라 부른다. 그녀의 연구는 남자들이 독점적으로 혹은 주로 석기를 제조했다는 길고 따분한 주장을 뒤흔드는 데 크게 공헌했다. 내가 찾아낸 흑요석 조각들은 대부분 기반암 모르타르에 묻혀 있었다. 아주 오래전에 여자들이 바위 위에 앉아 화살촉이나 양면 석기를 깎아 낼 때 나무껍질과 솔방울, 솔잎 따위로 뒤덮인 모르타르 바닥에 떨어졌던 것이리라. 이발소 의자에 앉았다 일어나면 보이는 잘린 머리카락 조각들과 비슷한 잔해 현장을 남겨 둔 채. 이 여성들이 생존에 필수적인 도구와 무기를 만드느라 행했던 노동을 생각하면 어머니가 스튜를 끓이려고 야채 껍질을 벗길 때마다 감자와 당근 따위의 얇은 껍질이 갈색과 오렌지색으로 주방 싱크대를 메웠던 이미지가 떠오른다.

나 이전과 이후의 수많은 침입자와 마찬가지로 나는 누군가 살았던 오래된 장소에서 이러한 흔적들을 찾아내 집으로 가져와서 침대 옆 선반에 늘어놓아 장식하곤 했다. 그러다 이 흔적들은 다시 버려졌다. 아마도 아름다운 파편들이 돌연 그전만 못한 의미를 지니게 되었을 어느 날 음식물과 비닐 포장지와 함께 쓰레기통으로 들어갔으리라. 그리고 지금 그 파편들은 컨밸리의 단단하게 압축된 쓰레기 하치장 어딘가에 격리되어 있을 것이다. 미래의 고고학자나 쓰레기 애호가가 다시 한 번 파낼 때까지, 20세기의 플라스틱 쓰레기들 사이에 파묻힌 채로. 이 파편들은 너무 작아서 가죽을 벗기거나 자르는 도구나 화살촉으로는 아무 가치도 없겠지만, 아주 오래전 인간이 손으로 빚은 사물이라는 점에서 내게 무척 중요했다. 누군가가 버려 놓은 무언가가 긴 세월이 지난 후 매사에 따분함을 느끼는 아이의 흥미를 끌 수도 있는 것처럼 말이다. 흑요석 덩어리와 부스러기는 그 시대의 톱밥과 용접 방울이다. 기본적인 생존을 위한 도구를 제작했던 흔적인 것이다. 이것들은 어쩔 수 없이 쓰레기로 남겨졌지만 내 어린 눈에는, 그리고 나와 비슷한 사람들에게는 되찾을 수 없는 과거의 경이로운 조각들로 비쳤다. 멀리서 보면 유리처럼 빛나는 얇은 검정색 파편들은 가까이서 보면 짙은 갈색으로 빛났다. 언젠가 상당히 크고 얇은 파편을 찾았을 때 나는 그것을 집으로 가져와 읽던 책의 인쇄된 글자들 위에 대 보았다. 이유는 모르겠지만 글자 위에 갈색 유리를 대고 책을 읽고 있으면 고요한 황홀감이 밀려왔다. 마치 단어 너머의 단어에, 집 밖에서 이제는 쓸모없는 과거의 돌 조각을 모으러 다니지 않을 때면 파고들곤 했던 언어의 진정한 의미에 접근하게 해 주는 마법의 통로를 우연히 발견한 기분이었다.

하지만 이 흑요석 조각들에서 가장 눈에 띄는 점은 이처럼 정교한 도구와 무기 들의 표면이 마치 점묘화처럼 보이도록 깎아 다듬는 데 들어간 노동력이 사물 그 자체에서 드러난다는 것이다. 인간의 노동이 배어 있음을 암시하는 이 조각들은 오늘날 우리가 손에 쥔 많은 물건이 노동을 축소하거나 제거하도록 설계되어 우리 중 일부가 매끄럽고 빛나는 스마트폰과 여타 기기를 천상에서 빚어진 것이라고 생각하는 건 아닌지, 어디서 노동을 봐야 할지 모르는 사람들에게는 그것에 구현된 노동이 보이지 않는 건 아닌지 우려하고 있는 것만 같다. 아주 오래전의 가족경제에서 발생한 반짝이는 쓰레기인 이 데비타주는, 데드호스만에서 발견되는 유리병처럼, 정신없이 바쁘게 돌아가는 오늘날 존재하는 사물들의 표면 바로 아래 숨겨진 과거의 노동에 관해 무언가 말을 속삭이고 있는 것처럼 보인다. 책에서 읽은 어떤 내용보다도 흙 속에서 찾아낸 작고 빛나는 발굴품들이 과거와 가려진 과거의 역사에 대한 내 어린 호기심을 한껏 휘저어 댔다. 그리고 우리의 노동은, 우리와 결부된 많은 것과 마찬가지로, 항상 지워지고 있는 중이다.

7
호더의 세계

욕망은 사람마다 고유하고 개별적이며, 만족도를 낮추고 사물들에서 배출구를 찾아야 하는 경우 특히 그러하다. 부유하건 가난하건 우리가 모아 놓은 물건들은 타인에게 양도될 수 없으며 타인에게서 같은 의미를 지닐 수 없다. 나는 타인의 물건을 혐오하거나 용인하거나 존중하거나 무심할 수 있고 타인 역시 내 물건에 동일한 태도를 지닐 수 있지만 우리의 태도가 결코 완벽하게 일치하지는 않을 것이다. 그리고 시간이 흐르다 보면 어떤 물건을 계속 갖고 있어야 할지 알수 없을 때도 있다. 취향과 관심은 변하기 마련이다. 삶의 방식도, 동반자도, 가족도, 수입도, 공간도, 우선순위도 변한다. 우리는 추억이 담긴 물건을 꽉 움켜쥐고 놓지 않으며, 때로는 다른 물건들(지금 이 순간 문득 너무도 중요하게 여겨지는)을 무슨 이유로 어디에 내다 버렸는지 의아해하며 잠에서 깨기도 한다. 우리의 물건들은 우리가 누구인지 혹은 누구였는지 혹은 어떤 사람이 되고 싶었는지를 말해 준다. 이 물건들은 주관적이고 강렬한 역사를 품고 있다. 피터 스탤리브래스는 「마르크스의 외투」Marx's Coat에서 카를 마르크스의 가족(나아가 노동자 계급 전체)이 어찌어찌 전당포에 넘기지 않고 모아 둘 수 있었던 물건들의 가치에 보인 정서적 애착을 묘사하고 있다. 전당포에서는 이런 물건들이 아무 연고도 없는 단순한 상품으로 시장에 재진입할 수 있도록 원래의 감상적이고 친숙한 가치를 주기적으로 말끔히 제거해야 한다. "그들이 보유한 대단히 적은 재산은 은행 저축이 아니라 집 안의 물건으로 보관되었다. 한 가족의 안녕은 이러한 물건들의 드나듦으로 측정되었다." 물건들의 드나듦이 사용과 가치라는 경쟁하는 두 형식과 맺는 관계는 일종의 끝없는 소송 과정이었다. 일상의 곤궁을 드러내는 이 빠진 찻잔 받침과 때 탄 옷가지가 집 밖으로 나가 시장에 풀렸다가 이내 다급하게 다시 사들여져 집으로 돌아오는 식이었다. 마르크스 가족이 감내해야 했던 끝 모를 빈곤의 이야기에서 이 가족의 옷들이 집에서 들고 나는 이동 과정은 욕망이 사물에 고착되는 방식을 말해 주고 있기도 하다. 사물의 가치는 해당 사물이 쓰레기가 되었든 아직 아니든 개인이 지닌 취향의 함수일 뿐 아니라 시장이 가하는 요구의 함수이기도 하다. 그리고 가난이란 이런 욕망들이 많은 경우 대단히 철저하게 꺾일 수밖에 없다는 걸 알게 되는 경험이다.

이처럼 이동하는 가치들을 상기시키는 또 다른 경험으로는 죽음이 있다. 사랑하는 사람이 죽어 가거나 최근에 사망하면 유쾌하진 않지만 어쩔 수 없이 그 사람이 살면서 모은 물건들의 장차 행방을 논해야 한다. 다른 사람의 집을 방문했을 때 집주인이 이제껏 선택해 주변에 둔 이상한 물건들, 그러니까 벽에 걸린 것들이나 그 사람만 좋아하는 듯한 패턴의 러그, 조그만 골동품과 장식 소품, 엔진 블록들이나 얼룩소 무늬

커튼 따위를 보고 있노라면 낯선 기분에 사로잡힌다. 메리 더글러스가 경고했듯 "절대적인 쓰레기란 존재하지 않는다. 쓰레기인지 아닌지는 보는 사람의 눈에 달려 있다". 어느 집 뒤뜰에서 열리는 벼룩시장에 가 보면 서로 다른 시대와 다른 취향이 담긴 외투, 벨트, 지갑, 넥타이, 안락의자, 수납장, 식기세트 등을 볼 수 있다. 이 사람들의 죽음과 더불어 그들의 물건이 오랫동안 차단되어 있던 세상으로 새로이 나오게 되고, 현재의 빛은 이 물건들이 흔적으로 간직하고 있던 가까운 혹은 먼 과거의 먼지와 시대와 더께를 낱낱이 드러낸다. 현대 소비사회에서 우리가 액자, 8트랙 테이프, 쿠키 통, 치즈 강판, 핸드메이드 퀼트, 한 짝만 남은 벙어리장갑 같은 물건을 쌓으며 살아갈 수밖에 없다면, 죽음은 이 물건들을 새롭고 아무 연고도 없는 삶으로, 새롭고 가혹한 척도에 따라 가치가 매겨지고 신속하고 무자비한 기준으로 판단이 내려지는 곳으로 추방한다. 때로 쓰레기는 취향에 불과하며 그 외에는 아무것도 아니다.

사랑하던 사람이 사망하면 당신은 그가 살던 곳의 물건들을 분류해 누군가에게 상속하거나 맡길 텐데, 고인의 집을 둘러보다 보면 그에게는 대단히 중요한 의미를 지녔지만 당신에게도 의미가 있는 물건은 아주 적다는 사실이 슬프게 느껴질 것이다. 그 후 집으로 돌아온 당신은 이제껏 쌓아 온 물건들을 보고 그것들이 앞으로 어떻게 노후화될지 상상해 볼 것이다. 그저 안 쓰게 될지 망가질지 유행에 뒤처질지가 아니라, 당신이 세상을 떠났을 때 그 물건들 앞에 서게 될 아이나 상속인이나 이것저것 뒤적거리기 좋아하는 낯선 구경꾼이 마음에 들어 할지 아닐지를. 당신에게 무척 중요했던 것이 그들에게는 대개 아무 의미도 지니지 못할 것이다. 우리가 주위에 구축해 온 사물 세계는 우리만큼이나 유약하고 인위적으로 유지되고 있으며 소멸하기도 쉽다. 대부분의 경우 당신 너머의 세계는 당신의 가구와 주방 도구, 퀴퀴한 냄새가 나는 옷가지, 장식 소품, 귀중한 책에 관심을 보이지 않는다. 이런 물건들이 한자리에 모여 있을 수 있었던 유일한 이유는 그 주인이 한데 모으고, 살면서 오랫동안 간직하고, 자기 자신에게 꼭 필요한 것으로 여겼기 때문이다. 그러나 그 주인이 이제 세상에 없다면?

히스토리 채널의 주요 리얼리티 프로그램인「아메리칸 피커스」American Pickers는 아이오와 출신의 오래된 물건 '수집가' picker인 마이크와 프랭크가 폐품 더미나 다락방, 쓰러져 가는 헛간에 파묻혀 있는 오래된 쓰레기들인 '녹슨 광맥'을 찾아 긴 시간 미국을 횡단하며 시골길을 떠돌아다니는 내용으로 구성되어 있다. 이들이 하는 일은 기본적으로 미국 중심부의 온갖 구석과 틈에서 오래된 물건들을 찾아내 가장 부유한 지역에 사는 수집가며 디자이너, 주택 보유자에게 파는 것이다. 이 프로그램은 대부분 지난 40~50년간 호더-수집가들이 쌓아 왔으며 이제는 상품이 된 어마어마한 물건들 더미를 뚫고 돌아다니는 프랭크와 마이크의 모습을 비춘다.

　마이크는 이처럼 폐품이나 다름없는 물건을 시장에 다시 내놓아 적당한 새 집을 찾아 주는 작업을 공들여 설명한다. 그의 열정은 진심에서 우러나온 듯하고, 박학다식을 드러내

는 한편 중서부인 특유의 자기 비하 면모도 보이는 그에게
는 단순하고 거친 매력이 있다. 하지만 이 프로그램이 유지되
고 마이크와 프랭크가 벌이는 사업이 지속 가능하려면 어마
어마한 폐물 더미를 파격적인 값에 팔 준비가 된 사람들, 그
리고 미국적 정취를 간직한 빈티지 물건을 후한 가격에 살 용
의가 있는 미지의 구매자들을 찾아야 한다. 그러므로 마이크
와 프랭크는 동료, 조수, 형제, 관련자로 구성된 소규모 집단
과 함께 과거 물건들—지금까지 살아남았으며 이제는 이국
적인 정취까지 불러일으키는 장인정신으로 우리를 매혹하
는—에 대한 우리 시대의 욕망에 기반해 새로운 상품을 생
산하고자 과거 미국의 사물 세계를 약탈하는 지속적 과정에
필수적인 거래를 중개하는 셈이다. 종종 마이크는 폐물에 가
까운 물건들에 새 생명을 불어넣어 '세상으로' 돌아오게 만들
고자 하는 자신의 욕망을 언급한다. 인디애나에 거주하는 80
대 노인이 집착과 검약으로 모은 물건들이 브루클린이나 실
리콘밸리의 작고 지나치게 비싼 로프트들을 장식하는 '고유
한 작품들'signature pieces이 된다. 이처럼 고유한 작품들과 과
거, 진본성, 숙련된 솜씨, 노동의 관계는 모두 상상된 것일 뿐
이며, 그리하여 이 작품들은 미적인 요소를 제외한 다른 모든
요소가 탈각된 미학화된 토템-사물이 될 따름이다.

　장 보드리야르는 사물 이론에 대한 저작에서 "오래된 것들,
즉 고가구, 진품인 것, 특정 시대 양식의 물건, 시골풍 물건, 장
인이 만든 물건, 핸드메이드 제품, 전통 도자기, 민속풍 물건
따위에 대한 끈질긴 탐색" 너머에 무엇이 자리하는지 질문
한 뒤 이렇게 말한다. "신화적 사물의 시제는 완료형이다. 앞

그림 18

선 시간에 일어나 현재에도 일어나고 있는 것, 따라서 그 자신에 근거를 두고 있는 것, 즉 '진본인' 것이다." 수공업 세계는 완전히 끝났고, 당시 손으로 만들어졌던 사물들은 튼튼하고 소박한 아름다움과 내구성으로 우리와 소통한다. 그리고 옛 미국 장인정신의 비공식적 큐레이터 역할을 맡아 온 고물 수집가들의 사라지는 세계가 이 수공업 세계와 공명한다. 하지만 이 모든 것 너머에는 골동품으로 치장한 집과 사무실로 이루어진 보다 새로운 세계가 존재하며, 이 세계는 이제 단순한 장식 소품이 되어 실제 물질적 삶에서 분리된 '역사'의 아우라를 드러내려 한다. 이 새로운 사무실과 가정 공간은 다른 곳으로 이동한 물질적인 자본 생산 세계의 박물관이자 묘로 기능하고 있다.

「아메리칸 피커스」에서 낡고 오래된 사물들이 발하는 상상적 진본성에 대한 이 욕망은 위장된 토착주의nativism를 옹호하는 기능도 수행한다. 대부분의 경우 이 프로그램을 지지하는 사람들은 시골 벽지에 사는 나이 지긋한 백인 남성이다. 이들이 해당 프로그램과 방송사의 타깃 시청자인 것은 우연이 아니다. 이런 의미에서 「아메리칸 피커스」는 제조업이 융성했던 과거 미국의 도구와 물건 들을 뒤덮은 먼지를 털어내 '역사'를 드러낼 뿐 아니라, 쓸모없는 낡은 유물이 되어 버린 고물 수집상들이 터뜨리는 분노에 대한 일시적 처방을 시청자에게 제공하고 있기도 하다. 미국의 세기를 겪은 이들 살아 있는 화석은 주름진 얼굴로 제2차 세계대전과 1950~1960년대 생활 방식이라는 사라진 세계를 유쾌하게 대변한다. 이들은 이제 쓸모를 다한 음울한 사물들에 애착과 주목을 (그리고 작은 이익을) 돌려주어야 한다고 연신 주장한다. 이러한 과거 수호자들 덕분에 주철 저금통과 주유 펌프, 민속 공예품, 망가진 오토바이 엔진 따위가 완전히 사라지지 않고 조금 더 남아 있는 것이리라. 그러나 「아메리칸 피커스」는 미국 산업 시대의 목가적 풍경이 상실되었다고 생각해 노스탤지어와 공포를 동시에 느끼는 미국 백인들을 위한 지침서에 그치지 않는다. 항상 낭만적이고 산만하게 제시되기는 하지만 이 프로그램에는 확고한 세대 정치가 작용하고 있다. 이 나라에 제조업이 살아 있던 때가 있었다고 한탄하는 것이다.

애석하게도 이 프로그램은 오늘날 노년층 시청자를 위한 몇 안 되는 프로그램 중 하나다. 우리는 수집가들이 모은 고물 더미뿐 아니라 수집가들 자신도 지나간 시대의 유물로, 앞선 시대의 폐기물—한쪽에 치워진 물건이든 이 물건과 거의 평생 함께 살아온 사람이든—을 위한 공간도, 인내심도, 관심도 없는 현재의 유물로 본다. 제조업 시대의 종말과 이에 수반한 현상—계층 이동 장벽, 고용 불안정, 공동체 붕괴—에 익숙해진 상태로 턱밑까지 쌓인 녹슨 물건과 골동품 사이를 돌아다니는 출연자들을 보여 주는 이 프로그램은 글로벌화 시대에 쓰레기장들이 취하는 여러 형태를 생생히 기록한다고 할 수 있다. 프로그램에 등장하는 수집가의 짧은 이력은 우리에게 2차대전과 베트남전쟁을 겪은 세대들이 살아가는 이천 년대 초반의 고요한 삶을 잠시 동안 그러나 또렷하게 제시한다. 몇십 년 전에는 서로 생각이 달랐을지도 모를 이 세대들은 프로그램에서 2차대전과 한국전쟁과 베트남전쟁 참전 군인을 구분하는 것이 아무 의미도 없는 거대한 은퇴자 나라의 일원이 된다. 미국 정치사를 전공하는 학생이라면 예순 살의 베트남전 참전 군인과 여든다섯 살의 2차대전 참전 군인의 차이가 완전히 지워지는 것을 보고 기이한 평면화 효과 flattening effect를 발견하리라. 이전 세대의 문화와 가치에 깊은 회의를 품고 그로부터 이탈한 신좌파 시대의 세대 간 갈등은 「아메리칸 피커스」에서 산업 미국의 과거라는 새롭고 포괄적인 공식 탓에 무화되는데, 이 공식에 따르면 두 세대 모두 미국이 광범위하게 신자유주의로 변형된 1970년대 이전에 성인이 된 사람들이며 그 이후에 지금 세대인 우리가 등장했다고 한다. 사십 년간 한 직장에서 일하고, 집과 약간의 땅을 사서 가정을 꾸리기 시작하고, 그 과정에서 평생 쓰레기를 쌓다가 이제는 순박한 자부심을 전시하는 이가 바로 전자의 남성들이다. 지난 세기 중반 문화 전쟁이 수행한 것들을 글로벌화가 말끔히 원상태로 돌려놓았고, 이제 글로벌화는 오래된 정치적 구분을 뒤흔들어 새로운 구분—좋았던 산업 시대에 투지를 발휘했던 선량한 세대와 가짜 진본성faux-authenticity을 상점에서 구입할 수 있는 타락한 세대—으로 대체함으로써 '진짜'authentic 미국적 경험이라는 포괄적인 공식을 제시하고 있다.

「아메리칸 피커스」는 유사 프로그램인 「호더스」Hoaders나 한층 선정적인 버전인 TLC 방송사의 「호딩: 산 채로 매장된」 Hoarding: Buried Alive—양자 모두 호더 출연자의 강박적 수집을 소재 삼아 연민을 쥐어짠다—과 매력적이고도 적대적으로 대조를 이룬다. 「호더스」는 「아메리칸 피커스」에 등장하는 것보다 훨씬 더 볼썽사납고 불결한 쓰레기들로 관음증적 스펙터클을 연출함으로써 페이소스를 자아낸다. 「아메리칸 피커스」가 민속고고학을 제공한다면 「호더스」는 최악의 대중심리학을 제공한다. 사회적 일탈, 광기, 집착, 심리적 장애나 결점이 널린 풍경에 도착적으로 열광하는 우리에게 어필하는 「호더스」는 사람들이 애착을 느끼는 물건과 맺는 관계에 관한 서로 경쟁하는 초상들을 제시하면서 물건(수가 엄청나게 많더라도)은 좋은 것도 나쁜 것도 아니며 오직 물건들과 맺는 관계만이 존재한다고 암시한다. 양쪽 프로그램의 프로듀서들은 각각 어마어마한 쓰레기 더미를 완전히 다른 프레임으로 보여 준다. 「호더스」의 쓰레기 더미는 더러운 음식과 곰팡이 핀 종이, 죽은 동물로 가득한 반면 「아메리칸 피커스」에는 주철 장난감과 19세기의 희귀 자전거 따위가 등장한다. 하지만 「아메리칸 피커스」 제작진이 골동품이 가장 많은 곳에서 찾아낸 엄청난 양의 물건을 대충만 봐도 이 프로그램 등장인물들이 소유한 것들 역시 대부분 무가치한 쓰레기임이 분명하다는 사실을 알 수 있다. 또 다음과 같은 질문은 제기되지도 해결되지도 않는다. 기벽 있는 호더들이 소유한 오래된 고물, 더러운 접시, 쥐똥 더미 틈바구니에 물질적으로나 역사적으로 가치 있는 물건이 조금이라도 있는 걸까? 가끔 그런 물건이 눈에 띄기도 하지만 프로그램의 목적이 전적으로 다른 까닭에 해당 장면은 빠르게 지워진다. 이 프로그램에서 우리가 보는 것은 쓰레기가 전부이며 그 외에는 아무것도 없다.

쓰레기와 욕망에 관한 이들 두 프로그램 모두 시장이 원하고 사회적 규범에 따라 개인적 욕망의 대상이 될 만하다고 규정된 것만이 가치를 지님을 암시한다. 집 안이 곰팡이 핀 신문지와 유통기한 지난 양념 통으로 넘친다면 당신은 사회적 규범을 위반하고 있는 것이다. 하지만 손님들 눈이 휘둥그레지게 만들 만한 낡은 주유기를 싸구려 체인 레스토랑에 들여 놓는 당신은 요령 있는 투자자이자 가치 결정권자다. 「호더스」가 호더들이 자기가 너무나 사랑해 버리지 못하고 평생 쌓아 온 무가치한 쓰레기들에 지불할 수밖에 없는 비용에 프로그램의 대부분을 할애한다면 「아메리칸 피커스」는 시장에 매물로 나온 보석들만 강조할 뿐 아무도 원하지 않는 쓰레기 더미는 경시한다. 지난 방송을 편집한 특별편인 「아메리칸 피커스: 오프 더 로드」에서 마이크는 가끔 받았던 질문—"이 프로그램과 「호더스」의 차이는 무엇입니까?"—에 이렇게 대답한다. "우리 프로그램의 출연자들은 자부심을 느낍니다." 「아메리칸 피커스」에 나오는 고물 매매인들이 표출하는

그림 19

주된 감정이 자랑스러움이라면 「호더스」는 전반적으로 미국 가정에 탑처럼 쌓인 쓰레기 더미를 부끄러워하는 분위기다. 전자가 지저분하게 쌓인 고물 더미를 통해 모험, 여행, 호기심, 취미, 관심사, 건전한 수집으로 이루어진 삶을 기록하고 있는 반면 후자에서는 고집불통들, 즉 혼란의 그림자 아래 살아가는 반사회적이고 상처 입은 사람들이 등장한다. 커다란 쓰레기통과 심리상담사가 연달아 등장하고, 주인공을 제외한 모든 사람이 하나가 되어 악취가 진동하는 집 안 물건 대부분을 내다 버리기 시작한다. 그리고 그 모습을 지켜보는 물건 주인은 강박적으로 불안해한다. "소비를 억누를 수 없는 까닭은 그것이 결핍을 기반으로 하기 때문이다"라는 보드리야르의 주장이 옳다면 「호더스」와 같은 프로그램들은 절망과 혼란스러움에 휩싸여 있는 집을 가득 메운 저 끔찍한 쓰레기들을 천천히 카메라로 비추면서 이러한 결핍을 진단하도록 설계되어 있는 것이다.

　한 부류의 호더들이 쓰레기를 상품으로 다스리는 데 능숙한 반면 다른 부류의 호더들은 실패한다. 한 프로그램이 끝을 모르는 리퍼포징repurposing과 이익 창출(사용되지 않는 가치)의 문화 내에서 낡은 것과 새로운 것이 순환하는 완벽한 시장을 상상한다면 다른 프로그램은 개인들의 정신 상태가 적절하게 조절된 세계를 상정하는데, 소비 세계와 생산, 축적, 가치가 맺고 있는 내재적인 정신분열적 관계가 지나치게 폭로되는 일 없이 이 세계가 유지되려면 이런 정신 상태가 필수적이다. 「아메리칸 피커스」의 '결핍'은 매력적이고 가치 있는 물건에 내재한 고상한 과거를 부활시킴으로써만 개선되는 저품질 상품들의 현대적 조건인 반면 「호더스」 유형의 프로그램에서 결핍이란 심리적 고통이며 쓰레기 중독은 사회 부적응이나 정신 질환의 징후로 기능한다. 아이러니하게도 「아메리칸 피커스」에서 찾아낸 숨겨진 보물을 현재 가치 있게 만드는 것 중 하나는 한때 그것이 무가치하다고 여겨졌으며 따라서 버려졌다는─호더들의 고물이 무가치해 보이는 것과 동일한 방식으로─사실이다. 폐물 더미에서 살아남은 것들이 가치를 지니는 까닭은 부분적으로 너무나 많은 비슷한 물건이 폐물 더미로 향하기 때문이다. 그러므로 「아메리칸 피커스」와 「호더스」 양자 모두의 의미는 쓰레기를 만들어 내는 능력의 문화 논리a cultural logic of trashability에 의존하고 있다. 「호더스」가 이 모든 것이 가야 할 적절한 장소는 쓰레기 더미라고 말하고 있다면 「아메리칸 피커스」는 쓰레기 더미가 아닌 어딘가 다른 곳이 적절한 장소라고 제안하는데, 동류 대부분이 이미 쓰레기 더미에 가 있기 때문이다.

「호더스」 같은 프로그램에 등장하는 사람들이 한낱 정신 질환자가 아니라고 생각하기가 가능할까? 훨씬 중대한 결과를 훨씬 더 많이 초래하는 쓰레기 생산 행위도 있지만 이 사람들처럼 주목받거나 경멸의 대상이 되지는 않으며 병리적인 진단은 더더욱 받지 않는다. 왜일까? 산업은 기업을 운영한다는 명목으로 믿기지 않는 규모의 쓰레기를 배출하는 반면 오늘날 평균적인 소비자는 하루에 칠 파운드 정도의 쓰레기를 버린다. 그러나 자신의 쓰레기와 더불어 살아가며 '저편'이라는 거짓 개념을 거부하는 이들은 사회적 일탈자 배역을 맡는다. 이들은 진단과 조롱의 대상, 안락의자에 앉아 있는 우리 분석가들의 대상이 된다. 그러나 물론 저편이라는 환상에 사로잡힌 우리 일부야말로 진짜 일탈자, 사회적 규범이 아니라 진실에서 일탈한 자들일 것이다. 호더들이 쓰레기에 집착한다고, 외부에 위탁해 보관하지 않는다고 말할 수는 있다. 그들이 스스로 쓰레기를 쓰레기라 말하지 않으리라는 사실은 에드워드 홈즈가 쓰고 있듯 우리의 진정한 유산이 어떤 모습일지를 보여 주고 있는 까닭에 호더들이 "일종의 공공 서비스"를 수행하고 있다는 사실보다 덜 중요하다. 호더들이 제공하는 값싼 스펙터클과 달리 우리 대부분은 거실이나 주방, 뒤뜰이 아닌 위탁 쓰레기장에 쓰레기를 저장한다. 「호더스」 같은 프로그램은 우리의 쓰레기가 건강하고 정상적인 방식으로 눈에 띄지 않는 쓰레기 처리장으로 보내지는 듯 보이지만 쓰레기 자체가 관련된 질문 앞에서는 이 역시 마찬가지로 비도덕적임을 드러낸다. 호더들의 집은 텔레비전 시청자 대부분이 일상을 살아가는 깨끗하거나 아주 조금 더러울 뿐인 공간에 대한 일종의 대안 공간을 구성하며, 시청자들은 이 프로그램을 보고 그들의 일상을 경험하면서 자신이 건강한 정신의 소유자라고 느끼게 된다.

　따라서 「호더스」는 부분적으로 욕망을 제한하고 표준화하려는 문화적 습성에 관한, 가공된 욕망이 미쳐 날뛸지도 모를 위험에 관한, 사람들이 건강과 행복을 최대한도까지 누려야 한다고 주장하는 세계에서 소비와 축적의 행복한 매개자를 찾아야 할 필요에 관한 프로그램이라 볼 수 있다. 우리가 시간, 가치, 사물과 맺고 있다고 여겨지는 관계와 관련된 일종의 암묵적인 약정을 호더들이 위반해 왔다는 듯이 말하면서 말이다. 집착과 강박, 정신적·사회적 위기 따위의 수사로 무장한 이 프로그램은 축적된 쓰레기의 압도적인 힘이 생활 공간을 식민화하고 있다고 엄중히 경고한다. 집은 창고가 되어 버렸고, 오늘날의 균형 잡힌 가정에서 즐거움을 누리기란 너무 많은 즐거움이 끼어드는 바람에, 욕망(소유를 꿈꾸었으나 폐소공포를 유발하는 악몽으로 변질되고 망쳐진 욕망)에 지나치게 탐닉하는 바람에 방해를 받고 있다. 호더 행위의 문화 논리는 바로 즐거움의 반대말이 너무 많은 즐거움이라는 것이다. 저품질·저비용 상품들이 넘쳐나며 물건들을 보관하고 정리하고 사용하고 가치 매기는 우리 능력을 초과하는 사물들에 대한 우리의 욕망을 다스릴 수 없는 이 시대에 나타나는 특이하고 극단적인 유형의 저장 공포를 우리는 호더 행위라 부른다. 자기들이 쌓아올린 쓰레기에 매장된 콜리어 형제°나

「그레이 가든스」Grey Gardens♦의 모녀처럼 호더들은 자신에게 끝없이 물건을 공급해 온 사회에 등을 돌렸다. 한편 더 유명하거나 부유한 호더들이 그저 괴짜로만 묘사되는 것은 놀랍지 않은데, 축적은 나쁘지 않으며(오히려 축적은 좋고 필요하다고들 말하지 않는가!) 다만 규범과 중심에서 벗어나 있을 뿐이라는 점을 우리에게 상기시키기 때문이다. 소비를 조장하는 사회에서 최악의 죄는 골디락스♦가 아닌 누군가가, 예컨대 자신과 자신의 광기를 쓰레기 더미에 파묻는 사람이나 사회를 떠나 살면서 전화와 텔레비전과 인터넷에 관심을 두지 않고 패션과 뉴스와 온갖 과시적인 것에도 신경 쓰지 않는 스파르타식 은둔자처럼 사는 사람이 되는 것이다. 우리가 소비하는 수많은 가짜 리얼리티 프로그램과 마찬가지로, 「호더스」와 유사 프로그램들은 시청자에게 병리학적 사례들을 멀리서 홀린 듯 바라보면서도(평면 텔레비전에 끼어드는 광고도 사이사이 보면서) 그들과 반대되는 위치에 있다고 규정할 수 있게 하는 외설적인 관음증이 작동하는 동안 희미한 공감을 표출할 기회를 제공한다. 우리가 전부터 알고 있었든 아니든 우리의 쓰레기 사물들은 우리와 일상을 함께하는 깨끗하고 바람직한 사물들과 균형 상태를 이루어야 한다. 우리는 우리가

♢ 1947년 뉴욕에서 사망한 채 발견된 호머·랭글리 콜리어 형제. 이들의 집에서 백이십 톤의 쓰레기가 나왔다고 한다.

❖ 1975년 미국에서 제작된 다큐멘터리로 집에 어마어마한 쓰레기 더미를 방치하고 살던 모녀 이야기를 다루고 있다.

♦ 영국의 전래 동화『골디락스와 세 마리 곰』Goldilocks and the Three Bears의 주인공 이름으로 경제가 높은 성장을 이루고 있지만 물가 상승은 없는 이상적인 상황을 가리키는 경제 용어.

그림 20

쓰레기와 같은 사물들에 산 채로 매장당하고 있지 않음을 늘
확인하고 싶어 한다.

8

카르바마제핀 호수

『10세기 설교집』*Blicking Homilies of the Tenth Century*에는 "먼지를 관조하기"contemplation of the dust를 집어치우고 세상 만사에 등을 돌린 슬픈 남자에 관한 이야기가 나온다. 먼지를 관조함 혹은 '먼지-스펙터클'을 이르는 천 년 전 단어는 dustsceawung이다. 나로서는 셰익스피어나 로버트 버턴보다 오백 년 앞서 살았던 사람이 이 단어를 사용하면서 느꼈을 기분, 그러니까 자신이 너무나 자주 사용하는 단어가 해당 단어로 묘사하고자 하는 감정이나 개념을 정확하게 담아내지 못하고 있다는 기분(그들 시대에도 느꼈을 테고 우리도 느끼는)을 상상만 할 수 있을 뿐이다. 하지만 21세기라는 시점에서 보면 dustsceawung이라는 단어에는 내가 현대의 쓰레기를 생각할 때 떠올리곤 했던 아쉬움을 표출하는 듯한, 회갈색 육중함과 같은 무엇이 있는 것처럼 보인다.

우리는 오랫동안 오대호Great Lakes로 엄청나게 많은 잔류 화학물질을 흘려보냈다. 호수는 한때 수많은 사람의 항우울제에 사용되었던 오염물질을 포함해 각종 인공 합성물로 채워지고 있다. 이런 물질 중 호수에서 가장 흔하게 발견되는 것이 카르바마제핀carbamazepin이다. 기분 안정제인 카르바마

제핀은 양극성 장애, 주의력 결핍 장애, 외상 후 스트레스 장애, 조증, 우울증으로 고통받는 사람들을 치료할 때, 특히 먼저 처방받은 리튬이 효과를 발휘하지 못하는 경우에 주로 사용된다. 리튬이나 관련 약물이 일으키는 여러 부작용 중 하나가 탈수다(이 점을 염두에 두고 우리가 고개를 돌리는 곳마다 쌓여 있는 빈 플라스틱 물병들을 다시 한 번 떠올려 보자). 사실상 오대호는 우리 시대와 우리 자신이 맞닥뜨린 끔찍한 현실을 견디게 돕도록 만들어진 약품들의 폐기물을 재료 삼은 거대한 화학약품 칵테일이 되었다. 내륙의 광대한 호수가 항우울제의 부산물이 되어 우리의 불안하고 두려운 약물 시대의 화학적 찌꺼기로 채워진 것이다. 이런 호수 밑바닥에는 오래되고 일그러진 괴물들이 반쯤 파묻혀 있을 것이고, 호숫가에는 현대의 철학자가 거닐다 발견해 한참 들여다보며 생각하다 내던지기를 기다리는 수수께끼의 표류물 조각도 흐트러져 있을 것이다. 하지만 이제는 물water 자체도 불가해한 대상이 되었다. 우리가 물이라 부르던 것을 더는 그렇게 부를 수조차 없게 된 것이다. 보기만 해서는 어디까지가 물이고 어디까지가 우리가 내버린 쓰레기인지 말할 수 없다. 이보다도 더 철저하게 현대적인 쓰레기 처리장이 있을까. 나는 그것이 무엇일지 가늠할 수조차 없다.

감사의 말

마지막까지 미루는 대신 제일 먼저 아내에게 고맙다고 말하고자 한다. 올리비아는 내가 지금까지 알게 된 이들 중에서 독보적으로 놀라운 사람이다. 그러므로 기회가 있을 때마다 그녀가 내게 얼마나 대단한 존재인지 강조해서 말해야 한다. 그녀가 없었다면 이 책을 쓰지 못했을 테고 다른 여러 일도 해낼 수 없었을 것이다. 어떻게 시작해야 그녀가 얼마나 보기 드문 사람인지 표현할 수 있을지조차 모르겠다.

이 변변찮은 책이 세상에 나올 수 있도록, 처음 원고보다 더 나은 책으로 만들어질 수 있도록 도움을 아끼지 않은 오브젝트 레슨스 시리즈의 편집위원인 크리스토퍼 섀버그, 이언 보고스트, 수전 클레먼츠, 해리스 나크비, 메리 앨-새예드, 카이야 녹스, 에린 리틀, 앨리스 머웍께 감사드린다. 모두 능력과 인내심과 협동력을 갖춘, 지칠 줄 모르는 정신을 지닌 존재들이다.

평소 좋아하던 작가인 제프 밴더미어, 레슬리 제이미슨, 알렉산더 치에게 원고를 읽고 커버에 들어갈 짧은 코멘트를 써 달라고 부탁했을 때 세 사람 모두가 망설이지 않고 승낙해 주어 깜짝 놀랐다. 이들이 책을 읽고 무슨 생각을 했는지 나로서는 알 수 없지만(지금 이 원고를 쓰고 있는 까닭에 이 시점에는 그들 생각을 알 도리가 없다), 이들이 과거에 보여 준 친절과 미래에 이 책에 보일 친절과 관심에 감사의 말을 전한다.

뉴욕 공립도서관 직원께도 특별히 감사드린다. 장식 천장에서 석고로 만들어진 장미 조각들이 떨어지고 있어 로즈 메인 열람실에 출입할 수 없었기 때문에 나는 작고 창문도 없는 도서관 열람실에서 초고의 상당 부분을 작업했다. 쓰레기가 발생해도 마감은 지켜야 하는 법이다. 또 나는 뉴욕의 여러 장소에서 이 책의 중요한 부분들을 썼다. 이스트빌리지의 디 로베르티스 파스티체리아나 미드타운의 카페 에디슨 등 사고와 글쓰기에 많은 도움을 준 이러한 곳들은 도시의 옛 장소들이 보다 새롭고 근사하게 거듭나느라 더는 풍요롭게 번창하지 않고 점진적으로 사라져 가고 있는 듯하다. 따라서 나는 이러한 장소들에도 마땅히 감사를 표해야 한다고 생각한다.

친구, 동료, 지인, 현재 내가 사용할 수 있는 유일한 소셜 미디어인 트위터에서 만난 대화 상대 들은 링크와 단서, 아이디어, 개념을 제공해 주었고, 가끔 작업 중인 원고가 비생산적인 경향에 빠져들 때마다 유용한 저항력이 되어 주는 등 직간접적으로 엄청나게 공헌했다. 너무 많아 일일이 호명할 수는 없지만 이 자리에서나마 감사하다는 말을 전하고 싶다. 이들 덕분에 내 작업뿐 아니라 삶 역시 전보다 훨씬 나아졌다.

작업을 진척시키는 와중에 학교 안에서나 밖에서나 훌륭한 선생님을 많이 만났지만, 이 책이 나오기까지 가장 직접적으로 도움을 주신 두 분은 행크 웹과 마크 호킨스 선생님이다. 두 분은 시골 출신의 십대 아이를 집으로 들여 예술, 문학,

문화, 사교, 그리고 우정을 전적으로 새로운 형태로 접하게 해 주셨다. 운 좋게 두 분을 만난 이래 몇십 년간 내가 쓴 것은 모두 두 분의 지대하고도 상냥한 영향력에 크고 작게 영향을 받았다. 마크 선생님, 한때는 이곳에 있었으나 더는 여기 없는 사랑하는 이들, 그리고 이제는 오직 기억 속에서만(기억 속에서는 부패가 훨씬 덜 일어난다) 생전 모습을 볼 수 있는 친애하는 친구들과 사랑하는 가족들에게 이 책을 바친다.

처음에 나는 아무리 말해도 충분할 리가 없다고 느껴 감사의 말을 쓸 생각이 없었다. 대신 덜 공개적으로, 개인적인 방식으로 모든 사람에게 일일이 감사를 표할 계획이었다. 하지만 앨리슨 키니, 앨리사 해러드, 제프리 제롬 코언과의 대화 끝에 감사의 말을 비워 두는 건 그 이유가 합리적으로 보이더라도 전혀 좋은 생각이 아님을 확신하게 되었다. 그러니 이 페이지는 이들의 도움과 개입 덕분에 존재하는 셈이다. 세 사람은 친구들과 공동체가 중요하다는 것을, 이들에게 감사의 말을 전하는 것이 중요하다는 사실을 상기시켜 주었다. 사실상 여전히 배울 것이 많은 우리에게 이들이야말로 가장 중요한 존재로 보인다.

쓰레기와 나

한유주

유년기의 경우

쓰레기라는 단어를 생각하면 한 번에 여러 이미지가 떠오른다. 어린 시절의 대부분을 보냈던 대전의 작은 아파트 단지, 한 달에 한 번씩 학교에서 의무적으로 가져오라고 했던 재활용품들, 중학교 일 학년 때까지 겨울마다 교실에 놓였던 난로, 타고 남은 재, 쓰레기 컨테이너 바로 옆의 조개탄 창고. 대략 유년기라 명명될 수 있을 시기와 결부된 쓰레기들에는 어딘가 낭만적인 구석이 있었다. 아직 쓰레기의 영향력이 크게 체감되지 않았던 때였다. 내가 살던 저층 아파트 단지에는 정문 하나와 후문 두 개가 있었다. 엉뚱한 방향으로 튄 공을 쫓아 달려가다 보면 세상의 끝으로만 여겨졌던 후문 하나에 도달하고는 했다. 그곳에는 짐작컨대 세제 회사 협찬으로 세워졌을 표지판이 있었다. 이미 낡을 대로 낡아 군데군데 녹이 슬고 페인트 조각들이 떨어져 나간 표지판에는 'DO NOT WASTE WASTES'라는 문구가 적혀 있었다. window가 창문이고 eat가 먹다라는 걸 가까스로 아는 정도였던 내게 이 문구는 굳이 영어로 적힐 필요가 있었을까라는 궁금증과 더불어 뭔가 이상한 기분이 들게 했다. 해당 문구의 뜻을 어떻게 알 수 있었는지는 기억나지 않는다. 다만 표지판 앞에 서서 WASTE와 WASTES의 차이를 헤아리고 있었던 기억은 난다. 그리고 지금, 흐릿해진 표지판의 이미지를 애써 떠올리며 나는 쓰레기를 버리지 말라는 표현의 의미에 대해 새삼 당혹스러움을 느낀다. 쓰레기를 버리지 말라니, 그러면 우리는 쓰레기를 어떻게 해야 한단 말일까? 의도된 바는 알겠지만, 이 문구는 내게 어떤 본질적인 의문을 가져다주었다.

내가 다니던 초등학교에서는 한 달에 한 번씩 재활용품을 수거했다. 아이들에게 올바른 시민 의식을 함양하겠다는 눈 가리고 아웅 식의 캠페인이었다. 80년대 말에서 90년대 초 사이에 초등학교(실제로는 국민학교)를 다녔던 나는 이 시기에 대해 복합적인 감정을 갖고 있다. 대전 변두리에 살았기 때문일 수도 있지만 주변을 둘러보면 개천에 뱀 허물이 떠다니고 버려진 공터가 수두룩한 환경에서 한쪽에서는 혐오 시설이라며 종합병원 부설 장례식장 건설 반대를, 또 한쪽에서는 밝고 희망찬 미래를 떠들어 대던 시절이었다. 그러는 사이 서울올림픽이 치러졌다. 한참 나중에 알게 된 바에 의하면 당시 서울에서는 대대적인 거리 개선 사업이 있었다고 했다. 역시 나중에 생각한 것이지만 그때 거리에서 치워진 것, 끝내 치워지지 않았던 것들이 80년대 말에서 90년대 초반이라는 시기에 어떤 정체성을 부여했으리라 여겨진다. 학교에서는 낙관적인 21세기상을 가르쳤다. 누구나(심지어 여자도) 무엇이든(말 그대로 무엇이든) 열심히 노력한다면 훌륭한 국가적 인재로 성장할 수 있다고 했다. 아이들은 1997년 혹은 1999년에 세계가 멸망한다는 가짜 예언을 열심히 퍼뜨리면서도 긍정적인 미래상에 수긍했다. 미래의 주인이 되기 위해 필요한 자질 중에는 물건을 아껴 쓰고 쓰레기를 재활용하는 것도 있었다. 하지만 90년대였다. 물건들이 넘쳐 나고 있었다. 반만년 역사상 한국이 가장 부유했던 시기였다. 필통에서 연필깎지가 사라졌다. 아이들은 급식으로 나오는 우유를 먹지 않고 두었다가 하굣길에 도로를 향해 던졌다. 여전히 훈계와 처벌이 있었지만 때로는 어른들마저도 이러한 상대적 풍요를 어떻게 대해야 좋을지 모르는 것 같았다. 재활용품을 수거하는 날이면 약삭빠른 아이들은 길가에 나뒹구는 신문지나 종이 상자를 들고 학교에 갔다. 이것이 요식행위에 지나지 않는다는 것을 나도 다른 아이들도 잘 알고 있었다. 학교 등사실에서 갱지에 인쇄되던 시험지가 연필심이 걸리지 않을 정도로 매끄러운 멀쩡한 백지로 대체되었다. 연필 대신 샤프를 사용하는 학생의 비율이 높아졌고 따라서 연필깎지는 어차피 많은 아이에게 불필요한 물건이었다. 우리는 한 달에 한 번씩 교실 뒤 사물함에 길에서 주워 온 멀쩡한 쓰레기를 쌓으면서 죄책감을 학습했다. 비슷한 유형의 다른 죄책감들도 있었다. 우리가 뭔가 잘못하고 있을지도 모른다는 생각, 연필 하나를 다 쓰기 전에 새 연필을 깎으면 안 된다는 생각, 표지가 낡았거나 질렸다는 이유로 새 연습장을 꺼내면 안 된다는 생각. 하지만 때로는 손에 쥘 수 없을 정도로 짧아진 몽당연필을 버리면서도 어떤 종류의 죄책감을 경험해야 했다.

우리는 베이비붐 세대의 자녀였고 한때 한 반 정원이 칠십 명을 웃돌기도 했으나 동네마다 꾸준히 학교 부지가 공급되면서 언젠가부터 한 교실에서 부대끼는 아이들도 오십 명 이하가 되었다. 내가 살았던 동네는 어느 집이나 사정이 어슷비슷했다. '적당히' 아끼고 '적당히' 낭비하며 사는 인구였다. 하지만 그때나 지금이나 나는 적당히라는 단어를 제대로 이해한 적이 없다.

검은 구멍의 경우

그때 쓰레기란 집안일을 본격적으로 해 본 적도, 구체적인 직업을 가져 본 적도 없는 내게 개천가에 붙박인 비닐 조각이나 축대 구석에 버려진 음료수 캔 정도가 전부였다. 그런 쓰레기를 보면 즉시 주위 주변 쓰레기통에 넣거나 집으로 가져와 버릴 정도로 나는 잘 훈련되어 있었다. 가끔은 교실 안 공기를 불균형하게 데우던 난로에 종이를 넣어 태우거나 난로 표면에 지우개를 녹이며 장난을 치고는 했지만, 내가 생각하는 쓰레기는 쓰레기통에 넣으면 그만인 것, 난로에 넣어 태울 수 있는 것, 제대로 버릴 줄 안다면 간혹 칭찬이 딸려 오기도 하는 것, 더러운 것, 치워야 하는 것, 전혀 압도적이지 않은 것, 그리고 다용도실에 딸린 검은 구멍으로 던져 버리면 그뿐인 것이었다. 당시 다른 가정에서, 특히 아파트 거주민들이 쓰레기를 어떻게 처리했는지는 모르겠다. 내가 살던 집 다용도실에는 말 그대로 검은 구멍이 있어서 여기에 쓰레기를 던지면 몇 초 후에 일 층으로 떨어지는 둔탁한 소리가 들렸다. 그 구멍에서는 늘 시큼하고 역겨운 냄새가 났다. 음식물이건 음료수 캔이건 가릴 것 없이 비닐봉지에 넣어 묶은 쓰레기를 검은 구멍으로 던질 때마다 나는 그것들과 영원히 분리될 수 있다고 생각했던 것 같다. 늘 자물쇠가 채워져 노상 굳게 닫혀 있던 쓰레기 창고를 지나면서도 그렇게 생각했다. 창고 근처에서도 항상 시큼하고 역겨운 냄새가 났다. 우리집까지 풍기지만 않는다면 참을 만한 냄새였다. 언제 어째서 검은 구멍이 사라졌는지는 잘 기억나지 않는다. 연탄 보일러가 도시가스 보일러로 바뀌던 즈음해서 분리수거 정책이 대대적으로 시행되었던 것 같다고 추측할 뿐이다. 가끔 여전히 대전에(하지만 다른 아파트에) 사시는 부모님 댁을 찾아갈 때마다 나는 구기면 눈에 띄지도 않을 정도로 작아지는 종잇조각이나 전단지 한 장까지 철저하게 분리수거하는 일상을 보면서 이 훌륭한 행동 양식이 언제부터 몸에 밴 것인지 궁금증이 인다. 서울올림픽은 아니었고, 대전 시민에게는 꽤 큰 사건이었던 1993년의 대전엑스포도 아니었다. 하지만 선진국으로의 진입을 앞두고 모범적인 시민의 삶에 요구된 조건 중 하나가 분리수거와 재활용이었다는 생각이 든다. 그런데 지금의 기준은 합당한 것일까? 여전히 좀 부족한 기준은 아닐까? 언젠가 예전 집의 검은 구멍 이야기를 꺼내자 어머니는 잘 기억나지 않는다는 반응을 보였고 아버지는 그때는 다 그렇게 살았다는 답변을 내놓았다.

캐나다의 경우

학교 워크숍으로 캐나다에 간 적이 있다. 절반은 한국 학생, 나머지 절반은 미국, 영국, 캐나다 등 영어권 출신의 학생으로 구성된 무리와 함께였다. 닷새가량의 일정이 끝나고 밴쿠버 공항에서 마지막으로 다 같이 햄버거 세트 메뉴로 간단히 점심을 먹었다. 식사를 마치고 햄버거 포장지와 먹다 남은 감자튀김, 얼음이 잘강거리는 일회용 컵이 담긴 쟁반을 들고 일어나 분리해서 버리려는데 주위를 아무리 둘러봐도 입구가 하나인 커다란 쓰레기통들만 보일 뿐이었다. 내가 당혹스러워하자 한국에서 꽤 오래 체류해 한국어를 유창하게 구사하던 캐나다 학생 하나가 멋쩍은 웃음을 지으며 말했다. "여기서는 그냥 한꺼번에 버려요." 모종의 죄책감과 부끄러움, 민망함이 가미된 웃음이었다. 그러면 음료수는 어떻게 버리느냐고 물었더니 그는 그냥 한꺼번에 버리면 된다는 말을 반복했다. 그래서 그렇게 했다. 커다란 쓰레기통 바닥에 온갖 음식물이며 액체, 포장 종이가 뒤섞여 있는 모습이 자동적으로 연상되었지만 별수 없었다. 공항이라는 특수한 장소여서 쓰레기를 이런 식으로 버리냐고 묻자 그는 아마도 캐나다와 미국 전역에서 같은 식으로 쓰레기를 버릴 거라고 대답했다. 흥미로웠다. 영국에서 온 누군가도 유럽에서도 특히 패스트푸드점에서는 쓰레기를 분리해서 버리는 경우가 드물다고 했다. 역시 흥미로웠다. 다 선진국 아닌가요, 내가 농담조로 말하자 다른 사람들은 웃었다. 하지만 이 경험은 어떤 생각을 불러일으켰다. 기계적으로 쓰레기를 분리해서 배출하기를 훈련받아 온 방식에 대해 본질적인 의문이 든 것은 그때가 처음이었다. 생각해보니 나 역시 그저 액체와 고체, 혹은 재활용 가능한 것과 그렇지 않은 것을 분류해서 버리는 훈련에 익숙해 있을 뿐이었다. 제대로 분리해서 버렸건 그렇지 않건 내가 쓰레기를 버린다는 사실은 변하지 않는다. 분리되어 있건 그렇지 않건 똑같이 거추장스럽고 똑같이 더러우며 똑같이 처리하기 힘든 쓰레기들일 뿐이라는 사실도 변하지 않는다. 여전히(어쩌면 당연하게도) 온갖 종류의 쓰레기를 뒤섞어 한데 버리는 방식에는 전혀 동의하지 않지만, 배운 대로 쓰레기를 종류별로 분리하면서 시민의 의무를 다하고 있다는 순진한 믿음을 갖고 있었는지도 모르겠다는 생각이 들었다. 쓰레기를 전혀 배출하지 않고 살 수는 없으므로, 항상 쓰레기를 배출해야 하므로 '쓰레기와 나의 영원한 분리'는 허상에 지나지 않을지도 모른다는 것도. 장소에 따라 다르지만 대개 재활용 쓰레기통은 완벽한 분류 체계를 갖고 있지 않다. '플라스틱, 종이, 일반 쓰레기'이거나 '타는 쓰레기, 안 타는 쓰레기'이거나 '종이, 유리, 캔, 플라스틱, 일반 쓰레기'이거나. 이처럼 대략적으로 구획된 분리수거함 앞에서 폐건전지를 어디에 버려야 할지 몰라 아무 데나 던져 넣으면서 죄책감을 느꼈던 날도 생각이 났다. 그러니까 완벽하고 절대적인 분리배출 자체가 어떻게 가능한 것인지 나는 새삼 궁금해졌다.

컴퓨터의 경우

처음으로 소유했던 컴퓨터 생각이 난다. 엄밀히 말해 아버지 소유의 물건이었지만 방과 후부터 아버지의 퇴근 시간 전까지 마음대로 쓸 수 있었다. 지금 생각해 보면 일종의 얼리 어댑터에 가까운 성향을 지녔던 아버지는 꽤 무리해서 286 컴퓨터를 집에 들였다. 둔중한 모노 모니터를 넓적한 상자형 본체에 올려놓은 모양의 컴퓨터였다. 나는 그 컴퓨터를 대개 게임기와 타자기로 사용했다.

그 후로 몇 년에 한 번씩 컴퓨터가 교체되었다. 지금의 생애주기에 비할 바는 못 되지만 그때도 최신 사양은 날마다 업데이트되는 것처럼 보였다. C언어를 수박 겉핥기로 배운 적은 있지만 나는 한 번도 컴퓨터를 유용하게 써 본 적이 없었다. 나와 동생의 공부방이자 아버지의 잡동사니를 한 켠에 보관하는 용도로 사용되던 작은 방 책장에는 5.25인치 플로피디스크 상자들이 빼곡히 들어차 있었다. 버전도 기억나지 않는 도스와 안티바이러스 프로그램이 복사된 플로피디스크들로, 지금은 저용량 USB 하나면 충분할 것들이었다. 나는 몇 년에 한 번씩 바뀌는 컴퓨터들로 부모님 몰래 PC 통신에 올라오는 소설을 읽었다. 처음으로 습작을 쓴 것도 그때였다. 모뎀으로 통신망에 접속하는 소리를 들으며 나는 가상 세계라는 단어의 의미에 대해 생각했다. 무거워서 제대로 들 수도 없었던 구형 모니터와 컴퓨터 본체 들이 어떻게 버려졌는지는 도통 기억이 나지 않는다. 누군가에게 준 경우도 있었지만 대개는 버려졌을 것이다. 하지만 그것들이 버려진 풍경은 본 적이 있다. 텔레비전에서였다. 한 다큐멘터리 프로그램에서 아프리카 어느 나라의 해안가를 비추고 있었다. 낡은 모니터와 한때 컴퓨터였으리라 짐작되는 네모난 덩어리 들이 잔뜩(우리에게는 더 적절한 표현이 필요하다) 쌓인 해변에서 아이들이 폐기물 더미를 헤치며 값나가는 부품을 찾고 있었다. 바로 그곳에 내가 사용하던 컴퓨터나 적어도 동일한 모델이 있으리라는 보장은 없었고 내가 사용했던 컴퓨터들은 한국의 고물상에서 해체되었겠지만 나는 화면에서 눈을 떼지 못하고 옛날의 컴퓨터가 혹시 거기 있지는 않을지 열심히도 찾았다. 고등학교 삼 학년 때 쓰던 컴퓨터의 하드 드라이브 용량은 일 기가였다. 아무리 채워도 채워지지 않을 것 같은 단위였다. 전화선에 의지에 문서 파일 하나를 겨우 내려받던 시기였다. 하지만 불과 일 년도 지나지 않아 내 무겁고 큰 컴퓨터는 폐물이 되었다. 가장 간단한 프로그램도 돌아가지 않았고, 싸이월드 접속조차 할 수 없었다. 대학생이 된 나는 이래서야 교우 관계에 문제가 생기겠다고 생각하며 동네에서 확성기로 영업 중이던 고물상에 전화를 걸었다. 모니터까지 만 오천 원에 처분해 주겠다는 대답이 돌아왔다. 일 기가와 만 오천 원. 5.25인치 플로피디스크. 구형 컴퓨터에 들어 있던 알량한 파일들은 3.5인치 플로피디스크 몇 장에 들어갔고, 나는 아직도 이것들을 갖고 있다. 적당한 디스크 드라이브가 없어 파일을 열어 볼 수도, 그 안에 어떤 파일들이 들어 있는지 확인할 길도 없다. 그저 버리지 못해 가지고 있을 뿐이다.

그리고 시간이 흐르는 동안 일견 조금 달라 보이기는 하지만 본질적으로는 동일한 일들이 벌어졌다. 몇 달 동안 일해 받은 시급의 일부를 털어 처음 중고 노트북을 샀을 때 나는 그 작고 가벼운 물건이 영속하리라고 생각했다. 혹은 그래야만 한다고 믿었다. 내 노동의 대가였다. 그렇게 처음 샀던 노트북의 하드 드라이브 용량은 기억나지 않는다. 백 기가가 되지 않았을 것이다. 오늘의 기준으로 보면 기본적인 OS 하나 돌아가기에도 다소 부족한 용량이지만 그때 나는 세상에 존재하는 모든 파일을 이 하드에 다 담을 수 있을 거라고 생각할 정도로 무지했던 것 같다. 이러한 생각들을 갱신하고 또 반복하며 지금이 되었다. 나는 이제껏 사용했던 컴퓨터와 휴대전화 수를 정확히 기억한다. 아마도 노동의 대가로 맞바꾼 물건 중 가장 값비싼 품목들이기 때문일 것이다. 개중에는 도둑맞거나 잃어버리지 않은 경우 아직도 보관하고 있는 물건도 있다. 어댑터가 고장나거나 해서 아마도 다시는 전원을 켤 일이 없는 물건이 대다수인데도 어째서 이것들을 버리지 못하고 있는지 나로서는 알 수가 없다. 폐기물이 된 전자 제품들의 역사가 내 역사의 일부를 구성하고 있기 때문에? 이렇게 생각하면 아직 버리지 못한 것들도 충분히 머리를 아프게 하지만 앞으로 소유하게 될 것들, 따라서 아직 소유하고 있지 않은 것들 또한 대단한 골칫거리임이 분명하다. 지금 사용하는 노트북은 팔 년째 쓰고 있는 물건이다. 하지만 언젠가부터 은행이나 정부 관련 사이트에 접속할 수 없어 삼 년 전 서브노트북을 구입했다. 늘 이런 식이었다. 어느덧 하드 드라이브 용량은 일 테라를 가뿐히 넘어섰지만 그 안에는 영영 열어 보지 않을 파일들만 덧없이 쌓이고 있다. 그러므로 컴퓨터와 휴대전화는 내게 물질적인 동시에 크기와 무게를 지니지 않는 무형의 쓰레기가 되어 왔다. 하지만 이건 착각이다. 무형의 쓰레기를 보관하려면 물리적인 공간이 필요하다. 어느 사막 한가운데 있다는 구글의 데이터 서버 센터를 찍은 항공사진을 보았을 때, 나는 이미 거대하다라는 단어로는 표현이 불가능한 규모의 건물들이 어디까지, 그리고 언제까지 증축될 수 있을지 궁금했다.

할머니의 경우

할머니가 돌아가시고 나서, 나와 가족은 할머니의 유품을 정리했다. 단출하게 사셨던 분이라 따로 정리할 것이 많지는 않았다. 어머니가 옷장을, 아버지가 서랍장을, 내가 찬장을 맡았다. 찬장을 정리해야 할 이유가 있었다. 온갖 크기와 모양을 지닌 유리병이 한가득 들어 있어서였다. 신문을 구독하지 않았는데도 차곡차곡 접힌 신문지도 꽤 쌓여 있었다. 할머니가 모아 둔 물건들이었다. 할머니 생전에 나는 여러 차례 유리병들을 내다 버리려고 시도했다. 하지만 아버지가 나를 완곡하게 제지하고는 했다. 예전에는 유리병이 아주 귀했기 때문에 할머니 역시 하나라도 수중에 들어오면 깨끗이 씻어 보관하는 습관이 있다는 얘기였다. 나는 고개를 끄덕이면서도 사용 빈도에 비해 너무 많은 유리병을 간직하고 있는 건 아닌지 늘 생각했다. 하지만 막상 할머니가 돌아가시고 나자 감히 유리병들에 손을 댈 수가 없었다. 결국 시간이 지나면서 대부분 버려지기는 했지만, 나는 아직도 할머니의 유리병 두어 개를 간직하고 있다. 하지만 내가 죽고 나면 이것들 역시 어딘가에 버려질 것이다.

가끔 내가 버린 물건의 총합이 나를 구성한다는 생각이 들 때가 있다. 물론 우리는 이와 유사한 자아관을 여러 버전으로 가지고 있다. 내가 먹는 음식이 나를 구성한다거나, 돈을 지불하는 대상이 나를 구성한다거나 하는 식으로. 쓰레기 역시 자아관을 형성하는 하나의 수단이 될 수 있을 것이다. 다만 쓰레기의 경우에는 내가 버린 것들의 총합이 나를 구성하는 것과 더불어 버리지 못했으나 쓰레기가 분명한 것들의 총합이 나를 구성하는 것 같기도 하다. 할머니의 경우, 버리지 못한 쓰레기의 총합이 할머니를 어느 정도 구성했다고 말할 수 있을까?

나의 경우

버린 것이든 버리지 않은 것이든, 양쪽 모두 내게서 분리되지 않는다는 생각이 확실해지고 있다. 이 책에서 지은이가 말하는 것처럼 쓰레기는 언제고 돌아온다. 쓰레기의 전반적인 이동 경로는 비가시적인 경우 파악하기 힘들지만, 쓰레기가 돌아온다는 것, 혹은 이미 돌아오고 있다는 것은 최근 몇 년 동안의 경험을 통해 체감하게 되었다. 후쿠시마에서 원전 사고가 터지고 며칠이 지났을 때 서울에는 비가 내렸다. 많은 사람이 빗방울에 방사능이 섞였을 거라며 우려했다. 나도 마찬가지였다. 하지만 언제까지고 비를 피할 수는 없는 법이다. 그 후로 몇 차례 비가 지나가고 나자 나는 방사능에 대한 생각을 접었다. 이런저런 수치, 통계, 자료가 동원된 기사를 읽을 때마다 무기력한 기분을 피할 수 없었다. '엄마가 좋아, 아빠가 좋아'라는 오래된 질문의 음화와도 같은 버전인 '미세 먼지를 택할래, 방사능을 택할래'라는 질문에서 나는 방사능을 택하고는 했다. 당연히 미세 먼지건 방사능이건 내가 선택할 수 있는 대상은 아니었다. 그래도 보이는 쪽보다는 보이지 않는 쪽이, 당장 괴로운 것보다는 나중에 괴로운 것이 그나마 낫다고 생각했다. 어처구니없는 생각이다. 하지만 내가 파악할 수도 없는 규모의 쓰레기 앞에서 무기력한 기분을 느끼는 것 자체에도 어째서 죄책감이 깃드는지는 알 수 없는 노릇이다.

나는 성년이 되자마자 할머니와 둘이 살았다. 그 후 몇 년이 지나 할머니가 돌아가셨고, 나는 기본적인 살림살이에 완전히 무지한 나를 발견했다. 집에서 요리를 거의 하지 않았으므로 내게 필요한 건 컵이 전부였다. 설거지가 귀찮다는 이유로 나는 종이컵을 대량으로 구매했다. 물이건 커피건 술이건 전부 종이컵에 담아 마시는 철없는 생활이 한동안 계속되었다. 하지만 사들인 종이컵을 미처 다 쓰기도 전에 나는 죄책감에 사로잡혔고, 그만두었다. 어릴 때 모범적인 시민이 되기 위한 필수적인 자질을 교육받았기 때문인지는 여전히 알 수 없지만, 아마도 앞으로도 나는 배운 대로, 훈련받은 대로 쓰레기를 버리면서 살아야 할 것이다. 올바른(올바르다고 여겨지는) 환경 정책을 내세우는 정당에 투표하고, 당혹스러워하면서도 가능한 적절하다고 여겨지는 방식으로 쓰레기를 분리해서 배출하고, 최대한 일회용품을 사용하지 않으면서. 죄책감의 총량을 낮추면서. 내가 할 수 있는 건 대강 여기까지다. 하지만 죽는 날까지, 어쩌면 죽음 이후에도 쓰레기를 버려야 하는 삶은 나를 쓰레기로, 쓰레기를 나로 둔갑시킨다. 그러므로 분리배출 쓰레기장 앞에 선 나는 다음과 같은 자조적인 질문을 던지고는 한다. 나는 타는 쓰레기인가, 안 타는 쓰레기인가. 나는 유리인가, 플라스틱인가, 종이인가, 일반 쓰레기인가. 나는 어떤 유형의 쓰레기인가. 나는 쓰레기에 대해 죄책감이 아닌 다른 종류의 감정이 필요하다. 그것이 무엇이 될지는 이 책을 읽고 난 지금 계속해서 생각 중이다.

그림 목록 ——

이 책에 실린 모든 사진은 미국 의회도서관 소장 자료다.

참고 문헌 ─────

Alexander, Leigh. "The Unearthing." May 30, 2014. Web.

Bataille, Georges. *The Accursed Share: An Essay on General Economy. Volume One: Consumption*. New York: Zone Books, 1988[「소모의 개념」, 『저주의 몫』, 조한경 옮김, 문학동네, 2000].

Baudrillard, Jean. *The System of Objects*. London: Verso, 2006[『사물의 체계』, 배영달 옮김, 지만지, 2011].

Bauman, Zygmunt. *Wasted Lives: Modernity and its Outcasts*. Cambridge, MA: Polity Press, 2004[『쓰레기가 되는 삶들: 모더니티와 그 추방자들』, 정일준 옮김, 새물결, 2008].

Bienkowski, Brian. "Prescription Drugs Entering the Great Lakes at Alarming Rate." *Ecowatch.com*. November 27, 2013. Web.

Bullard, Robert. *Dumping in Dixie: Race, Class, and Environmental Quality*. 3rd ed. Boulder: Westview Press, 2000.

Calvino, Italo. *Invisible Cities*. San Diego: Harcourt Brace Jovanovich, 1978[『보이지 않는 도시들』, 이현경 옮김, 민음사, 2016].

Calvino, Italo. "La Poubelle Agréée." *The Road to San Giovanni*. New York: Pantheon, 1993.

Chen, Angus. "Rocks Made of Plastic Found on Hawaiian Beach." *Science* (June 4, 2014). Web.

D'Agata, John. *About a Mountain*. New York: W. W. Norton, 2011.

Debatty, Régine. "Don't call it ruin porn, this is Ruin Lust." *we-make-money-not-art.com*. April 11, 2014. Web.

Delany, Samuel R.. "On Triton and Other Matters: An Interview with Samuel R. Delany." *Science Fiction Studies* 52, no. 7, part 3 (November 1990). Web.

Dick, Philip K.. *Do Androids Dream of Electric Sheep?* New York: Ballantine Books, 1996[1968][『안드로이는 전기양의 꿈을 꾸는가?』, 박중서 옮김, 폴라북스, 2013].

Doctorow, E. L.. *Homer & Langley.* New York: Random House, 2009.

Douglas, Mary. *Purity and Danger: An Analysis of the Concepts of Pollution and Taboo.* London: Ark Paperbacks(Routledge & Kegan Paul), 1984[1966][『순수와 위험』, 유제분·이훈상 옮김, 현대미학사, 1997].

"ESA Space Ferry Moves Space Station to Avoid Debris." *European Space Agency.* November 4, 2014. Web.

Eugenides, Jeffrey. "Against Ruin Porn." *Boat Magazine* 2(March 27, 2014). Web.

Fiennes, Sophie. *The Pervert's Guide to Ideology.* London: Zeitgeist Films, 2012[「지젝의 기묘한 이데올로기 강의」, 2012].

Garber, Megan. "A Little Ship Just Saved the International Space Station." *The Atlantic*(November 6, 2014). Web.

Gero, Joan M.. "Genderlithics: Women's Roles in Stone Tool Production." In *Engendering Archaeology: Women and Prehistory*, edited by Joan M. Gero and Margaret W. Conkey. Oxford: Basil Blackwell, 1991, pp.163~193.

Hastorf, Christine A.. "Gender, Space, and Food in Prehistory." In *Engendering Archaeology: Women and Prehistory*, edited by Joan M. Gero and Maragret W. Conkey. Oxford: Basil Blackwell, 1991, pp.132~159.

"Hedging on Stability: Reality Goes Speculative." *Friends of the Pleistocene.* August 10, 2013. Web.

Hildebrandt, William R. and Kelly R. McGuire. "A Land of Prestige." In *Contemporary Issues in California Archaeology*, edited by Terry L. Jones and Jennifer E. Perry. Walnut Creek, CA: Left Coast Press, 2012, pp.133~152.

Hirsch, Steven. "Gowanus: Off the Water's Surface," 2014. Web.

Humes, Edward. *Garbology: Our Dirty Love Affair with Trash.* New York: Avery, 2013[『102톤의 물음: 쓰레기에 대한 모든 고찰』, 박준식 옮김, 낮은산, 2013].

Inaba, Jeffrey/C-Lab. "Trash Mandala." 2008. Web.

Jackson, Thomas L.. "Pounding Acorn: Women's Production as Social and Economic Focus." In *Engendering Archaeology: Women and Prehistory*, edited by Joan M. Gero and Maragret W. Conkey. Oxford: Basil Blackwell, 1991, pp. 301~328.

James, William. *The Varieties of Religious Experience*. New York: Library of America, 1987, pp. 1~478[『종교적 경험의 다양성』, 김재영 옮김, 한길사, 2000].

Jones, Terry L. and Kathryn A. Klar. *California Prehistory: Colonization, Culture, and Complexity*. Lanham, MD: Altamira Press, 2010.

Jordan, Chris. "Midway: Message from the Gyre." Web.

Kohler, Chris. "How Obsessed Fans Finally Exhumed Atari's Secret Game Graveyard." *WIRED* (April 29, 2014).

Leary, John Patrick. "Detroitism." *Guernica*. January 11, 2011. Web.

Liboiron, Max. "Waste as Profit & Alternative Economies." *Discard Studies*. July 9, 2013. Web.

Macaulay, Rose. *Pleasure of Ruins*. New York: Barnes & Noble, 1996 [1953].

McNeill, J. R.. *Something New Under the Sun: An Environmental History of the Twentieth-Century World*. New York: W. W. Norton, 2000[『20세기 환경의 역사』, 홍욱희 옮김, 에코리브르, 2008].

Madrigal, Alexis C.. "Detroit 'Ruin Porn' from a Drone." *The Atlantic* (July 12, 2012). Web.

Michel, Lincoln. "Lush Rot." *Guernica*. March 17, 2014. Web.

Miller, Benjamin. *Fat of the Land: Garbage in New York — The Last Two Hundred Years*. New York: Four Walls Eight Windows, 2000.

Morris, Richard. *Blickling Homilies of the Tenth Century*. Web.

Morton, Timothy. *Hyperobjects: Philosophy and Ecology after the End of the World*. Minneapolis: University of Minnesota Press, 2013.

"Mount Everest litter targeted by Nepalese authorities." *The Guardian*. March 3, 2014. Web.

Myles, Eileen. "Spoilage." PEN World Voices Festival. 2013. Web.

New Mexico Energy, Minerals and Natural Resources Department. "Waste Isolation Pilot Plant Transportation Safety Program." Web.

Nixon, Rob. *Slow Violence and the Environmentalism of the Poor*. Cambridge, MA: Harvard University Press, 2013.

Orland, Kyle. "Digging up meaning from the rubble of an excavated

Atari landfill." *Ars Technica*. April 27, 2014. Web.

"Paying Attention in an Age of Distraction: On Yves Citton's *Pour un Écologie de l'Attention*." *Unemployed Negativity*. November 16, 2014. Web.

Peters, Adele. "See the devastated landscape of the Alberta Tar Sands from 1,000 Feet Above." *Fast Company* (May 19, 2014). Web.

Pezzullo, Phaedra. *Toxic Tourism: Rhetorics of Pollution, Travel, and Environmental Justice*. Tuscaloosa, AL: University of Alabama Press, 2007.

Royte, Elizabeth. *Garbage Land*. New York: Back Bay Books, 2006.

Schiller, Jakob. "Can Detroit's Architectural Past Inspire It to Claw Its Way Back to Greatness?" *WIRED* (29 July 2013). Web.

Sebald, W. G.. *On the Natural History of Destruction*. New York: Random House, 2003 [『공중전과 문학』, 이경진 옮김, 문학동네, 2013].

Sebeok, Thomas A.. *Communication Measure to Bridge Ten Millennia*. BMI/ONWI-532, for Office of Nuclear Waste Isolation(1984). March 13, 2014. Web.

Shiplett, Julia. "What Ruin Porn Means to a City Rebuilding Itself." *Medium*. December 3, 2013. Web.

Slenske, Michael. "A Brooklyn Photographer Found a Secret 'Mother Lode' of Psychedelic Beauty in Filth of the Gowanus Canal." *New York* (November 12, 2014). Web.

Smithson, Robert. "A Tour of the Monuments of Passaic, New Jersey." *Artforum* (December 1967), pp. 52~57.

Stallybrass, Peter. "Marx's Coat." In *Border Fetishisms: Material Objects in Unstable Spaces*, edited by Patricia Spyer. New York: Routledge, 1998, pp. 183~207.

Trauth, Kathleen M., Stephen C. Hora, and Robert V. Guzowski. "Expert Judgment on Markers to Deter Inadvertent Human Intrusion into the Waste Isolation Pilot Plant." *Sandia Report* (SAND92-1382/UC-721). Prepared by Sandia National Laboratories for U.S. Department of Energy, November 1993. March 12, 2013. Web.

Tringham, Ruth E.. "Household with Faces: The Challenge of Gender in Prehistoric Architectural Remains." In *Engendering Archaeology: Women and Prehistory*, edited by Joan M. Gero and Maragret W.

Conkey. Oxford: Basil Blackwell, 1991, pp. 93~131.

"The Trouble With Tribbles." *Star Trek* episode, NBC, 1967['사랑스러운 트리블', 「스타트렉: 디 오리지널 시리즈」, 시즌 2, 15화, 넷플릭스, 2017].

Valéry, Paul. "Eupalinos, or The Architect." In *Selected Writings of Paul Valéry*. New York: New Directions, 1964.

Villagran, Lauren. "WIPP probe: Emails raise new questions." Web.

Wall-E. Walt Disney Studios, 2008[「월-E」, 월트디즈니, 2008].

Wallace, David Foster. *Infinite Jest*. New York: Little, Brown, 1996.

Wanenchak, Sarah. "The Atemporality of 'Ruin Porn': The Carcass & the Ghost." *Cyborgology*. Web.

"What Will the Constellations Look Like in 50,000 Years?" *Discovery* (December 12, 2012). Web.

Williams, Gilda. "It Was What It Was: Modern Ruins." In *RUINS*, edited by Brian Dillon. Cambridge, MA: The MIT Press, 2010, pp. 94~99.

"WIPP Radiation Release." Southwest Research and Information Center. March 5, 2014. Web.

Wolfe, Gene. *The Book of the New Sun*. New York: Simon and Schuster, 1980.

Yukimura, Makoto. *Planetes: Volume I*. Los Angeles: TOKYOPOP, 2003[『플라네테스』, 장지연 옮김, 학산문화사, 2017].

Zanisnik, Bryan. "Beyond Passaic." *Triple Canopy* 15. December 1, 2011. Web.

Zielinski, Luisa. "Capturing the 'Ruin Porn' of Berlin." *Nautilus* 7. November 7, 2013. Web.

찾아보기 ___